Dina und Leonie Spiegel (Hg.)

Jetzt mal Tacheles

Dina und Leonie Spiegel (Hg.)

Jetzt mal Tacheles

Die jüdischen Lieblingswitze von Paul Spiegel

Mit einem Vorwort von Dani Levy und Rabbiner Julien Soussan und Illustrationen von Peter Gaymann

Artemis & Winkler

Die Deutsche Nationalbibliothek verzeichnet diese Publikation in der Deutschen Nationalbibliografie; detaillierte bibliografische Daten sind im Internet über http://dnb.d-nb.de abrufbar.

Printed in Germany | ISBN 978-3-538-04006-9 | www.artemiswinkler.de

In Erinnerung und als Andenken an unseren geliebten Vater Paul Spiegel

Inhalt

Vorwort von Dani Levy 8
Einleitung von Rabbiner Julien Soussan 11
Erinnerungen an unseren Vater
von Dina und Leonie Spiegel 12

Religion 15
Ehe | Familie | Beziehung | Freundschaft 37
Beruf | Geschäfte | Geld 59
Essen 79
Chuzpe 91
Rabbiner 107

Glossar 125
Über Paul Spiegel 126
Biografie 128

Vorwort von Dani Levy

Vielleicht würde es ALLES AUF ZUCKER gar nicht geben ohne Paul Spiegel. Vielleicht wäre Henry Hübchen als assimilierter Ost-Jude (»mit dem Club will ick nichts zu tun haben«) nie auf der Flucht vor Familie und Gläubigern über die Leinwände Deutschlands gejagt, wenn sich Paul Spiegel nicht in diesen jüdischen Antihelden mit dem zerknitterten Gesicht verknallt hätte.

Das erste Mal traf ich Paul Spiegel in einem Restaurant unter dem WDR in Köln. Ich hatte erst Probleme, mich auf ihn zu konzentrieren, weil mich seine Bodyguards, die an Tischen verteilt im Restaurant saßen, so ablenkten. Als ich dann aber mit dem »Präsident des Zentralrats der Juden« ins Gespräch kam, waren Scheu und Befremden nach kürzester Zeit verflogen. Ein Mann mit einem entspannten, humorvollen Gesicht saß mir da gegenüber und schaute mich mit neugierigen und liebevollen Augen an. Von diplomatischer Kälte, von politischer Vorsicht war nichts zu spüren.

Wir sprachen damals über die Möglichkeit, einen modernen Film über moderne Juden zu machen, der sie aus dem Klammergriff der historischen Opferrolle entlässt. Eine Komödie, die dem deutschen Publikum einen Einblick in modernes jüdisches Leben gewährt, ohne die alten Schuldreflexe auszulösen. Ich glaube, seine Begeisterung und seine unerschrockene Haltung haben den WDR ermutigt, ALLES AUF ZUCKER möglich zu machen – und so wurde der Film gedreht. Schnitt.

Wir trafen uns zur Premiere in Köln wieder. Ich war nervös, wie wir alle. Filmpremieren sind furchtbar und die Tage des Kinostarts ein Albtraum, jedes Mal von Neuem. Am Montag nach dem Startwochenende rief mich Paul Spiegel an. Dreimal sei er – bezahlenderweise! – übers Wochenende mit verschiedenen Freunden im Kino gewesen. Er war Gott sei Dank nicht der Einzige. Die Erfolgsgeschichte von ALLES AUF ZUCKER ist ein kleines Wunder. Der Film mauserte sich zu einem Türöffner in Sachen jüdischer Humor. Dutzende Male sollte ich schon erklären, was es mit dem jüdischer Humor auf sich hat. Natürlich, er ist selbstironisch, leidgeprüft und paradox. Er sieht den Menschen als Problemfall, Gott als überfordert und die Psychiater überteuert. Aber was diesen Humor so anziehend macht, weswegen wir ihn lieben, ist seine zutiefst ermutigende Wirkung. Das Gelächter, falls es denn überhaupt welches gibt, kommt aus dem Herzen, aus dem Zentrum der Lebensplanung. Dort wo es am dunkelsten ist, wirkt Lachen am befreiendsten. Paul Spiegel hat das

als Person mit sich herumgetragen. Es ist traurig, dass er gestorben ist. Ich hätte ihn sehr an meiner Seite gebrauchen können, als MEIN FÜHRER in die Kinos kam.
Nun sitzt Paul Spiegel im Paradies. Ich könnte mir vorstellen, dass er sich dort weiter um die jüdischen Belange kümmert. Wir bekommen seine Lieblingswitze. Das ist gerecht.

Dani Levy

Einleitung von Rabbiner Julien Soussan

Humor nimmt im Judentum eine zentrale Rolle ein. Oft wird seine Entstehung mit einem historischen Argument erklärt: er diente der jüdischen Minderheit in ihrem annähernd 2000-jährigen Exil als Katalysator, um mit Antisemitismus, Unterdrückung und Zensur umzugehen. Das ist zwar sicherlich auch ein wichtiger Aspekt, aber neben Komischem im Talmud findet sich Humorvolles sogar schon als Stilmittel in der Thora. So bedeutet der Name des zweiten Erzvaters Isaak (hebräisch »Jitzchak«) denn auch: Er wird lachen. Das Lachen wird im ersten Buch Moses zunächst als ein ungläubiges Schnauben von Isaaks bis dahin unfruchtbarer Mutter Sara beschrieben, die mit 90 Jahren mit anhört, wie ihrem Mann (Awraham ist gar schon 99!) prophezeit wird, sie werde denn doch noch einen Sohn gebären. Allein viermal kommt das Lachen in den entsprechenden Versen vor. Ausgerechnet diesen Namen bekommt später der Sohn: Jitzchak. Es scheint, als wolle die Heilige Schrift das Konzept von Humor erklären. Man erwartet einen bestimmten Handlungsablauf und dann tritt etwas vollkommen Unerwartetes ein. Aus der Hoffnungslosigkeit Saras wird ein freudiges, herzliches Lachen.

Salopp ausgedrückt: Jitzchak ist die erste erlebte »Punchline«.

Paul Spiegels hebräischer Name war Jitzchak ben Chaim, übersetzt heißt das: der, der lachen wird, Sohn des Lebens.

Er hat seinem Namen alle Ehre gemacht! Mit Humor und wohlüberlegter Ernsthaftigkeit hat er Ja zum Leben gesagt; auch und insbesondere zum jüdischen Leben in Deutschland nach dem Krieg. Es gereicht ihm zur Ehre, einen Band gesammelter jüdischer Witze in seinem Namen erscheinen zu lassen, denn er hat es auf eine ganz besondere Art verstanden, Judentum in Deutschland nach 1945 nicht nur im Licht der Schoah darzustellen.

Rabbiner Julien Soussan

Erinnerungen an unseren Vater von Dina und Leonie Spiegel

Unser Vater erzählte schon immer gerne Witze. Seitdem wir uns erinnern können, hat er Leute zum Lachen gebracht und selber viel gelacht. Dazu gehörte auch, dass er in jeder Situation einen humorvollen Spruch parat hatte und somit viele – auch ernsthafte – Momente auflockern konnte. Wir denken, dass unser Vater, Paul Spiegel, auch deshalb von vielen Leuten offen empfangen wurde. Er war einfach, wie man es auch nennt, »eine rheinische Frohnatur«.

Besonders viel Freude hatte er an Abenden in Gesellschaft seiner Freunde. Man konnte sicher sein, dass irgendwann der Zeitpunkt kam, an dem einer mit dem »Abschlag« begann. Einer sagte dann: »Habt ihr den schon gehört?« Und schon ging es los. Alle Anwesenden konnten sich auf einen Heidenspaß gefasst machen. Ein Witz nach dem anderen wurde erzählt. Das konnte manchmal Stunden dauern, und wir vergossen viele Freudentränen. Während wir das hier schreiben, kehren die Erinnerungen an diese Momente zurück, und ein großes Lächeln liegt auf unseren Gesichtern.

Die neuesten Witze zu hören und diese gleich weiterzugeben war eines der Hobbys unseres Vaters. Dafür war er bei seinen Freunden und später in der Öffentlichkeit allgemein bekannt. Es geschah nicht selten, dass er in Fernsehshows gebeten wurde, der Runde zur Auflockerung doch »bitte noch einen Witz zu erzählen«. Natürlich kam dabei immer wieder die Frage auf: Warum lachen Juden so gerne über sich selbst? Und: Dürfen deutsche Nichtjuden eigentlich hemmungslos über jüdische Witze lachen? Die Antwort von Paul Spiegel war stets: Natürlich dürfen sie das!

Jüdische Witze spiegeln das jüdische Selbstverständnis wider, dass nämlich viele Juden gerne über sich selbst lachen und über bestimmte »typische Charakterzüge«. Da gibt es zum Beispiel die »typisch jüdische Mutter«, die oft eine recht dominante Rolle innerhalb der Familie spielt und sich, egal wie alt ihr Kind ist, stets ein wenig »übervorsichtig« zeigt.

Viele Witze befassen sich beispielsweise auch mit den strikten Essenregeln im Judentum, der sogenannten »Kashruth« (»Haltung«).

Über sich selbst lachen zu können zeugt im Allgemeinen von Stärke und Selbstbewusstsein.

Jüdische Witze handeln generell vom Menschen mit all seinen Zweifeln, Schwächen, Fragen und natürlich Hoffnungen und Wünschen und sind somit allgemein übertragbar.

Es gibt deshalb keinen Grund, dass deutsche Nichtjuden nicht auch über einen guten, geschmackvollen (!) jüdischen Witz lachen dürfen.
Wahrend seiner Amtszeit als Präsident des Zentralrats der Juden in Deutschland war das höchste Bestreben von Paul Spiegel, eine Normalität zwischen Juden und Nichtjuden zu schaffen. So sagte er unter anderem: »Der Beginn einer Normalität im Zusammenleben zwischen Juden und Nichtjuden in Deutschland wäre erreicht, wenn ich Ihnen sage, dass der Herr Soundso Jude ist und Sie antworten: ›Na und?‹«
Unser Vater hatte vor, wenn er nicht mehr Präsident des Zentralrats der Juden sein würde, ein Witzebuch mit seinen jüdischen Lieblingswitzen herauszugeben. Da er das uns gegenüber in seinen letzten Monaten immer öfter erwähnt hat, möchten wir ihm mit diesem Buch seinen Wunsch erfüllen und hoffen gleichzeitig, der Normalität, für die er sich so eingesetzt hat, ein Stück näherzukommen.

Wir wünschen Ihnen viel Spaß beim Lesen und Lachen!

Dina und Leonie Spiegel
Im Dezember 2008

Religion

Ein deutscher Richter führt den Vorsitz über die Scheidung eines jüdischen Paares. Als die letzten Papiere unterschrieben sind und die Scheidung vollzogen ist, dankt die Frau dem Richter und sagt: »Und nun muss ich noch den ›Get‹ organisieren.«

Der Richter fragt die Frau, was denn ein »Get« ist. Die Frau erklärt ihm, dass das eine religiöse Zeremonie ist, damit die Scheidung auch in der jüdischen Religion akzeptiert wird.

Der Richter fragt: »Ist das eine religiöse Zeremonie – wie bei einer Beschneidung?«

Die Frau antwortet: »Ja, sehr ähnlich. Nur dass man in diesem Fall den ganzen Schmock los wird.«

Vor ein oder zwei Jahrhunderten entschied der Papst, dass alle Juden den Vatikan verlassen müssen. Das verursachte selbstverständlich große Aufruhr unter der jüdischen Bevölkerung. Daher machte der Papst einen Vorschlag. Er würde eine religiöse Debatte mit einem Mitglied der jüdischen Gemeinde führen. Sollte der Jude gewinnen, könnten die Juden im Vatikan bleiben. Sollte der Papst gewinnen, müssten die Juden aus dem Vatikan raus. Den Juden war klar, dass sie keine Chance hatten. Sie wählten einen Mann mittleren Alters namens Moische, der sie vertreten sollte. Moische knüpfte eine Bedingung an die Debatte. Um es interessanter zu machen, sollte keiner der beiden reden dürfen. Der Papst willigte ein.

Am Tag der großen Debatte saßen sich der Papst und Moische bereits eine Minute lang gegenüber, als der Papst seine Hand hob und drei Finger wies. Moische sah ihn an und zeigte einen Finger. Der Papst ließ seine Finger über seinem Kopf kreisen. Moische zeigte auf den Boden, auf dem er saß. Der Papst zückte eine Hostie und ein Glas Wein. Moische hob daraufhin einen Apfel. Der Papst stand auf und sagte: »Ich gebe auf. Dieser Mann ist zu gut. Die Juden können bleiben.«

Eine Stunde später saßen die Kardinäle um den Papst herum und wollten von ihm wissen, was passiert sei. Der Papst erzählte: »Als Erstes hob ich drei Finger, um die Dreifaltigkeit anzudeuten. Er antwortete, indem er einen Finger hob, um mich daran zu erinnern, dass es nur einen Gott für unsere beiden Religionen gibt. Dann ließ ich meine Finger um mich herum kreisen, was heißen sollte, dass Gott überall ist. Er reagierte darauf, indem er auf den Boden zeigte, womit er sagte, dass Gott auch gerade hier mit uns ist. Ich zückte den Wein und die Hostie, um aufzuzeigen, dass Gott uns all unsere Sünden erlässt. Daraufhin zog er einen Apfel, um mich an den Ursprung der Sünden zu erinnern. Er hatte eine Antwort auf alles. Was konnte ich schon tun?«

Währenddessen versammelte sich die jüdische Gemeinschaft um Moische herum. »Was ist passiert?«, fragten sie. »Nun«, sagte Moische, »als Erstes sagte er mir, dass die Juden drei Tage Zeit hätten, um hier zu verschwinden. Ich sagte ihm, dass nicht einer von uns gehen würde. Dann sagte er mir, dass die ganze Stadt von den Juden gereinigt wird. Ich richtete ihm aus, dass wir genau hier bleiben werden.«

»Und dann?«, fragte eine Frau.

»Ich weiß auch nicht«, sagte Moische. »Er nahm sein Mittagessen heraus und ich meins.«

Vor langer Zeit wollte Gott den Menschen die Fünf Gebote geben.
Also hörte er sich um und befragte einige Völker. Er kam zu den Engländern. Sie lasen sich die Gebote durch und entschieden, dass die nichts für sie wären, denn man sollte nicht morden.
Dann versuchte es Gott bei den Franzosen. Doch diese bemerkten, dass man nur eine Frau haben und dieser auch noch treu bleiben sollte. Auch sie schlugen das Angebot aus.
So kam es, dass Gott auf der ganzen Welt viele Völker befragte und ihnen die Fünf Gebote anbot. Doch jedem Volk missfiel irgendetwas.
Irgendwann kam er zu den Juden. Sie lasen sich die Gebote durch. »Nun gut«, sagten sie, »und was sollen sie kosten, diese Fünf Gebote?«
»Nichts«, antwortete Gott.
»In Ordnung«, erwiderten darauf die Juden, »dann gib uns gleich zwei davon.«
So kamen die Juden zu den Zehn Geboten.

Nimm zwei,
zahl keins!

1920 entscheidet sich Feggala Rothstein aus Chicago, in Miami Urlaub zu machen. In einem sehr schönen Hotel angekommen, geht sie zur Rezeption und bittet einchecken zu dürfen. Doch der Concierge antwortet: »Es tut mir leid, aber wir sind bereits ausgebucht.«
In dieser Sekunde reist ein anderer Gast ab, und Feggala schreit vor Freude: »Na also, jetzt habt ihr ein Zimmer für mich.«
»Es tut mir leid«, antwortet der Herr hinter der Rezeption, »dieses Hotel ist nicht für jeden zugänglich.«
»Und was heißt das?«
»Juden sind hier nicht erwünscht!«
»Wieso glaubst du, dass ich jüdisch bin?«, entgegnet sie ihm.
»Ich weiß es.«
»Ich bin es aber nicht! Ich bin katholisch«, behauptet Feggala ernst.
»Na gut, dann sagen Sie mir: Hatte Gott einen Sohn?«
»Natürlich.«
»Wie heißt er?«
»Jesus.«
»Und wo ist er geboren?«
»In Bethlehem, in einem Stall.«
»Und *warum* wurde er dort geboren?«
»Weil ein Schmock wie du seinen Eltern kein Zimmer gegeben hat!«

Als ein Flugzeug der EL AL auf dem Flughafen Ben Gurion landet, ertönt die Stimme des Piloten: »Meine Damen und Herren, bitte bleiben Sie so lange angeschnallt sitzen, bis das Flugzeug seine endgültige Parkposition erreicht hat und die Anschnallzeichen erloschen sind. Wir möchten Sie außerdem daran erinnern, dass der Gebrauch von Mobiltelefonen an Bord des Flugzeuges nicht gestattet ist.«

Kurz danach ertönt die Stimme des Piloten wieder: »Allen, die noch angeschnallt auf ihren Plätzen sitzen, wünschen wir frohe Ostern und hoffen, dass ihnen ihr Aufenthalt im Heiligen Land gefällt. Und allen anderen, die bereits in den Gängen stehen und mit ihren Mobiltelefonen telefonieren, wünschen wir ein frohes Pessachfest und willkommen zu Hause.«

Abraham ging mit seinem Sohn zu einem Rabbiner, um den Sohn beschneiden zu lassen. Als sie beim Rabbiner ankamen, informierte dieser sie, dass er die Beschneidung nicht durchführen könne, da er jetzt in Urlaub fliege und sonst sein Flugzeug verpassen würde. »Aber«, sagte der Rabbiner, »ich habe einen Freund nicht weit von hier, der Ihnen weiterhelfen kann.«
Er gab Abraham die Adresse, und dieser machte sich mit seinem Sohn auf den Weg. Als sie die Adresse erreicht hatten, standen sie vor einem Geschäft, in dem offensichtlich Uhren verkauft wurden. Sie traten ein und fragten den Inhaber des Geschäftes, ob er derjenige sei, der ihnen vom Rabbiner für Beschneidungen empfohlen worden sei. »Ja, mein Sohn«, antwortete der Mann, »das ist mein Beruf.«
»Wenn Sie Ihr Geld mit Beschneidungen verdienen, warum haben Sie dann Uhren im Schaufenster?«, fragte Abraham. Daraufhin der Mann: »Was würden Sie denn vorschlagen, was ich in das Schaufenster legen sollte?«

Zwei Talmudstudenten diskutieren über die Frage, ob sie rauchen und gleichzeitig den Talmud lesen dürfen. Der erste geht zum Rabbiner und fragt ihn: »Rabbi, ist es erlaubt zu rauchen, während man den Talmud liest?«
»Nein! Auf gar keinen Fall, mein Sohn!«, antwortet der Rabbi.
Der zweite Student gibt sich mit der Antwort nicht zufrieden und behauptet, sein Freund hätte die Frage falsch formuliert. Er geht ebenfalls zum Rabbiner und fragt: »Rabbi, ist es erlaubt, den Talmud zu lesen, während man raucht?«
Der Rabbiner antwortet daraufhin: »Aber ja, mein Sohn. Auf jeden Fall!«

Kurz vor den Olympischen Spielen beobachten zwei Juroren aus Amerika Skiläufer, um Kandidaten für die nächsten Olympischen Spiele zu finden.
Da sehen sie einen jungen jüdischen Mann, der den Berg nur so herunterrast. Die Juroren sind begeistert. Dieser junge Mann war schneller, als sie je jemanden den Berg herabfahren gesehen haben. Sie gehen zu ihm und fragen ihn: »Kannst du das bitte noch einmal machen. Du warst so gut, dass wir sichergehen möchten, dass das kein Zufall war.«
Der junge Mann ist damit einverstanden und macht sich auf den Weg. Die Juroren warten am Fuß des Berges auf ihn. Doch er kommt nicht. Zwei Minuten vergehen, drei Minuten, acht Minuten. Schließlich kommt er unten an, und die Juroren rennen auf ihn zu: »Warum hast du so lange gebraucht, den Berg herunterzufahren? Das letzte Mal hast du es in zwei Minuten geschafft. Was ist passiert?«
Der junge Mann antwortet: »Irgendein Idiot hat an jedem Pfosten eine Mesusa angebracht!«

Ein Rabbiner sagt zu Gott: »Hilfe, mein Sohn ist Christ geworden, was soll ich bloß tun?«
Gott beruhigt ihn: »Mach dir nichts draus, mein Sohn ist auch Christ geworden.«
Der Rabbiner fragt weiter: »Und was hast du getan?«
Gott antwortet: »Ich habe ein neues Testament geschrieben.«

Ein Jude betet in einer Kirche.
Da kommt der Priester auf ihn zu und sagt: »Mein Freund, ich kenne dich aus unserem Dorf. Du bist doch Jude.«
Der Jude schaut auf und fragt: »Na und?«
Daraufhin antwortet der Priester: »Ihr habt doch euer eigenes Gotteshaus, die Synagoge. Warum betest du nicht dort?«
Da steht der Jude auf, geht zum Altar, guckt hoch und sagt: »Komm, Joshua, wir gehen, wir sind hier nicht erwünscht.«

Zwei Jungen treffen sich im Krankenhaus. Fragt der eine den anderen: »Warum bist du hier?«
»Weil ich die Mandeln rausbekomme«, antwortet er.
»Oh, das ist gar nichts. Die geben dir Eis, wenn es fertig ist, das ist wirklich nicht schlimm.«
Daraufhin fragt der andere Junge ihn: »Und warum bist du hier?«
»Ich werde beschnitten«, antwortet dieser.
»Oh, das ist aber schlimm«, sagt der andere Junge, »ich wurde beschnitten, als ich geboren wurde, und konnte danach ein Jahr lang nicht laufen.«

Moische sucht verzweifelt einen Parkplatz. Nach einer halben Stunde guckt er gen Himmel und sagt: »Entschuldigung, Gott, ich bin's, Moische. Ich brauche deine Hilfe. Ich kann keinen Parkplatz finden. Ich verspreche dir, wenn du mir einen zeigst, werde ich jede Woche in die Synagoge gehen und mich an alle jüdischen Gesetze halten!«
Im selben Moment wird ein Parkplatz vor ihm frei. Moische guckt wieder zum Himmel hoch und sagt: »Ach, mach dir keine Mühe, Gott, ich habe gerade einen gefunden!«

Ein 23-jähriger Mann geht zum Arzt und sagt: »Herr Doktor, ich möchte mich sterilisieren lassen.«
Der Arzt fragt erstaunt: »Sind Sie wirklich sicher, dass Sie sich in Ihrem Alter schon sterilisieren lassen wollen?«
»Ja, ich bin mir sicher«, antwortet der junge Mann.
»Haben Sie es sich wirklich gut überlegt?«, fragt der Arzt erneut.
»Ja«, sagt der junge Mann ungehalten, »ich weiß genau, dass ich mich sterilisieren lassen möchte.«
Der Arzt willigt ein und unternimmt ein paar Tage später den Eingriff. Danach wendet er sich noch einmal an den jungen Mann: »Alles ist ohne Komplikationen verlaufen. Sie können gleich nach Hause gehen. Dennoch möchte ich schon gerne wissen, warum Sie, so jung wie Sie sind, einen solchen Eingriff über sich ergehen lassen wollten.«
Der junge Mann entgegnet ihm daraufhin: »Mein Freund, ein Jude, ist sterilisiert und sagt, dass die Frauen total darauf stehen und sagen würden, dass der Sex so viel besser sei.«
»Aber guter Junge!«, sagt der Arzt entsetzt, »Ihr Freund ist als Jude beschnitten und nicht sterilisiert!«

Ein Mann fragt seinen jüdischen Freund, wie es kommt, dass er und seine Freunde ihn jedes Mal im Golf schlagen.
Der Jude sagt: »Ich verrate es dir, mein Freund. Wir gehen jeden Samstag in die Synagoge und beten für eine erfolgreiche Golfwoche.«
Der Mann geht nach Hause, sagt seiner Frau, dass sie sofort zum Judentum übertreten werden, und betet ein Jahr lang jeden Samstag in der Synagoge für eine erfolgreiche Golfwoche.
Nach dem Jahr traut er sich gegen seine Freunde anzutreten und verliert wieder.
»Ich bin zum Judentum übergetreten und bete seit einem Jahr jeden Samstag in der Synagoge für eine erfolgreiche Golfwoche«, sagt er. »Was mache ich denn falsch, dass ich immer noch gegen euch verliere?«
Der Jude fragt ihn: »In welcher Synagoge warst du denn?«
»In Beth Halel«, antwortet der Mann.
Darauf entgegnet der Jude: »Ach so, Beth Halel ist ja auch für Tennis und nicht für Golf!«

Ein Priester, ein Pastor und ein Rabbiner kaufen sich zur gleichen Zeit ein Auto.
Am folgenden Wochenende sieht der Pastor, wie der Priester mit einem Eimer Wasser zu seinem Auto geht und es übergießt. »Klar«, sagt der Pastor, »das muss sein.« Also holt auch er einen Eimer Wasser und schüttet ihn über sein Auto.
Nachdem der Rabbi das alles gesehen hat, denkt er kurz nach, holt eine Säge, geht zu seinem Auto und sägt ein Stück vom Auspuff ab.

Drei Juden wetteifern darum, wer von ihnen am besten lügen kann.
Der erste sagt: »Der Messias wird kommen.«
Der zweite entgegnet: »Die Toten werden auferstehen.«
Kopfschüttelnd warnt der dritte: »Leise, Gott hört euch!«
Darauf die beiden: »Du hast gewonnen!«

Der Prophet Elija geht zu Gott und sagt: »Siehst du diesen Mann dort? Jeden Tag steckt er einen Zettel in die Klagemauer und betet dafür, im Lotto zu gewinnen. Lass ihn bitte gewinnen.«
Gott: »Aber –«
Elija unterbricht ihn: »Er ist ein guter Mann. Er verdient es zu gewinnen. Er setzt sich sehr viel für Wohltätigkeitszwecke ein.«
Gott: »Aber –«
Elija unterbricht ihn erneut: »Lass ihn gewinnen – wenn nicht für ihn, dann für seine zwölf Kinder.«
Gott: »Aber er hat noch nie ein Los gekauft.«

Ein Jude geht betend an einem Strand in Kalifornien spazieren, als sich plötzlich die Wolken über seinem Kopf zusammenziehen und die Stimme des Allmächtigen ertönt: »Ich gewähre dir einen Wunsch, weil du in den verschiedensten Situationen immer versucht hast, mir gegenüber treu zu sein.«
Der Mann antwortet: »Dann baue mir bitte eine Brücke nach Hawaii, damit ich jederzeit hinfahren kann.«
Gott antwortet: »Dein Wunsch ist zu materialistisch. Denk doch einmal an die enorme Anstrengung und Komplexität der Aufgabe: Allein schon die vielen Hilfsmittel, die ich benötige, um das Ende des Ozeans zu erreichen. Ich kann es machen, aber es ist sehr schwer für mich, diesen Wunsch zu rechtfertigen. Nimm dir ein bisschen Zeit und denke an etwas, dass dich ehren und preisen wird.«
Der Mann denkt eine ganze Weile nach. Schließlich sagt er: »Ich wünsche mir, meine Frau verstehen zu können. Ich möchte wissen, wie sie in ihrem Innersten fühlt, was sie denkt, wenn sie schweigt oder weint, was sie wirklich meint, wenn sie sagt ›Es ist alles okay‹ und wie ich eine Frau aufrichtig glücklich machen kann.«
Darauthin antwortet Gott: »Möchtest du die Brücke zwei- oder vierspurig?«

Ehe | Familie | Beziehung | Freundschaft

Ein junger jüdischer Mann erzählt seiner Mutter voller Freude, dass er verliebt ist und heiraten wird.
»Weißt du was, Mutter, ich werde dir drei Frauen vorstellen, und wir werden sehen, ob du herausfinden kannst, welche ich heiraten werde.«
Die Mutter ist einverstanden.
Am nächsten Tag bringt er drei gut aussehende Frauen mit. Sie sitzen zusammen und unterhalten sich mit der Mutter. Dann sagt der Sohn: »In Ordnung, Mutter, und nun rate, welche ich heiraten werde!«
Ohne zu zögern antwortet die Mutter: »Die Rothaarige in der Mitte.«
»Unglaublich, Mutter – das stimmt! Woher weißt du das?«
»Ich mag sie nicht!«

Auf dem Anrufbeantworter einer jüdischen Mutter ist folgende Ansage aufgezeichnet:
»Wenn du Eier haben möchtest, drücke die 1.
Wenn du Mehl haben möchtest, drücke die 2.
Wenn du Hühnersuppe haben möchtest, drücke die 3.
Wenn du Matzebällchen mit der Suppe haben möchtest, drücke die 4.

Wenn du wissen möchtest, wie es mir geht, hast du dich verwählt, weil mich *niemals* jemand fragt, wie es mir geht. Immerhin könnte ich ja auch schon tot sein!«

Wie es in einem kleinen Dorf Brauch war, wurde der neue Student der Jeschiwa jeden Freitag vom reichsten Kaufmann zum Essen eingeladen. Der Student war groß und gut aussehend, und der Kaufmann hatte eine sehr hübsche Tochter. Die Freitagabende vergingen, und die verstohlenen Blicke wurden immer leidenschaftlicher. Als keiner mehr die Liebe zwischen den beiden übersehen konnte, bat der Vater den jungen Studenten auf einen Digestif und eine ernste Unterhaltung in sein Arbeitszimmer.

Der Vater fragte: »Mein Junge, was sind deine Absichten meiner Tochter gegenüber?«

Der Student antwortete: »Mein Herr, ich liebe Ihre Tochter und ich möchte sie heiraten!«

Der Vater fragte: »Und wie hast du vor ihr den Standard zu bieten, den sie gewohnt ist?«

Der Student antwortete: »Mein Herr, ich werde sehr hart studieren und der Herr wird helfen.«

Daraufhin fragte der Vater: »Aber was wirst du tun, wenn ihr Kinder bekommt?«

Der Student antwortete: »Dann werde ich noch härter studieren und der Herr wird sicherlich helfen.«

Nach dem Gespräch kam die Mutter sofort auf den Vater zu und fragte: »Nun, wie ist es gelaufen?«

Der Vater antwortete: »Es gibt gute und schlechte Nachrichten.«

»Sag schon«, flehte die Mutter ihn an.

»Also, die schlechte Nachricht ist, dass er keinen Cent besitzt«, sagte der Vater.

»Und was ist dann die gute Nachricht?«, fragte die Mutter.

Der Vater antwortete: »Die gute Nachricht ist, dass er glaubt, ich sei der Allmächtige.«

Drei jüdische Mütter sitzen in einem Straßencafé und unterhalten sich darüber, wie sehr ihre Söhne sie lieben.
Sadie sagt: »Kennt ihr das Chagall-Gemälde in meinem Wohnzimmer? Mein Sohn, Arnold, hat es mir zu meinem 75. Geburtstag geschenkt. Was ist er doch für ein guter Sohn, und wie sehr er seine Mutter liebt!«
Minnie sagt: »Das nennst du Liebe? Ihr kennt den Mercedes, den ich kürzlich zum Muttertag bekommen habe? Der ist von meinem Sohn Bernie. Er ist einfach ein Schatz!«
Shirley sagt: »Das ist doch nichts! Kennt ihr meinen Sohn Stanley? Er geht zum besten Psychologen der Stadt. Fünf Mal die Woche. Und worüber, glaubt ihr, redet er? Nur über mich!«

Die erste weibliche Präsidentin wurde gewählt.
Sie ruft ihre Mutter an: »Mama, ich habe die Wahlen gewonnen! Du musst unbedingt zur Vereidigung kommen!«
»Ich weiß nicht, was soll ich denn anziehen?«
»Mach dir keine Gedanken, ich werde dir einen Modedesigner vorbeischicken.«
»Aber ich esse nur koscheres Essen.«
»Mama, ich werde Präsidentin, ich kann dir koscheres Essen besorgen.«
»Aber wie komme ich denn dahin?«
»Ich schicke dir eine Limousine. Komm einfach, Mama.«
»Okay, okay, wenn es dich glücklich macht.«
Der große Tag kommt, und die Mutter sitzt neben dem obersten Richter und den zukünftigen Regierungsmitgliedern. Sie stupst den Herrn rechts neben sich an und sagt: »Sehen Sie das Mädchen mit der Hand auf der Bibel? – Ihr Bruder ist Arzt!«

Ein jüdischer Junge kommt aus der Schule und erzählt seiner Mutter, dass er eine Rolle im neuen Schultheaterstück bekommen hat.
»Wunderbar! Welche Rolle hat man dir gegeben?«, fragt die Mutter.
Der Junge antwortet: »Ich spiele die Rolle eines jüdischen Ehemannes.«
Die Mutter starrt ihren Sohn an. »Das ist ja furchtbar! Geh zurück und sag deinem Lehrer, dass du eine Sprechrolle willst!«

Drei Söhne einer jüdischen Frau waren kurz davor zu heiraten. Der älteste Sohn war der erste, der sich verlobt hatte. Er erzählte seiner Mutter von der Neuigkeit: »Mutter, ich habe mich gerade mit der besten Frau der Welt verlobt!«
»Das ist wunderbar, Joel, ist sie ein schönes jüdisches Mädchen?«
»Nun, sie ist schön, aber jüdisch ist sie nicht.«
»Oh, sei es drum, mein Sohn. Wie heißt sie denn?«
»Sie heißt Yumiguchi und ist Japanerin.«
»Gut, mein Sohn, solange du glücklich bist, wünsche ich dir nur das Beste.«
Also heiratete ihr erster Sohn.

Dann kam der zweite Sohn zu ihr, um sie über seine Verlobung zu informieren.
»Mutter, ich bin verlobt.«
»Toll, Eddy, ich freue mich für dich! Ist sie ein schönes jüdisches Mädchen?«
»Nun, nicht wirklich. Sie ist griechisch-orthodox.«
»Wie heißt sie?«
»Krocapocalipessisi.«
»Na ja, solange sie gut zu dir ist, bin ich glücklich!«
Also heiratete auch der zweite Sohn.

Schließlich kam auch der jüngste Sohn zu seiner Mutter, um ihr von seiner Verlobung zu berichten.
»Oh Lenny – das ist wunderbar! Wie heißt sie?«
»Goldberg.«
Die Mutter fiel vor Freude fast in Ohnmacht.
»Oh, mein Sohn, ich bin so stolz auf dich! Ich kann es nicht erwarten, sie kennenzulernen. Wie ist ihr Vorname?«
»Whoopi.«

Eine christliche und eine jüdische Frau treffen sich in einem Restaurant.
Die christliche Frau erzählt voller Stolz, dass ihr Sohn gerade eine Ausbildung zum Priester absolviert. »Wir setzen sehr viel Hoffnung auf ihn – er ist so talentiert«, sagt sie.
»Was genau meinst du?«, fragt die jüdische Frau.
»Na ja, wenn er wirklich gut ist, kann er Bischof werden.«
»Ist das das Höchste, was er werden kann?«, erwidert die jüdische Frau.
»Na ja, wenn er überdurchschnittlich gut ist, kann er auch Kardinal oder sogar Papst werden!«
»Und das ist dann das Höchste, was er werden kann?«, fragt die jüdische Frau weiter.
»Was willst du denn, was er wird? Etwa Gott?«, entgegnet die christliche Frau scharf.
»Warum denn nicht?«, fragt die jüdische Frau. »Einer von unseren Jungs hat es geschafft!«

Ein jüdischer Mann ruft seine Mutter in Berlin an: »Mama, wie geht es dir?«
»Nicht gut«, antwortet die Mutter. »Ich bin sehr schwach.«
Der Sohn fragt: »Warum bist du denn schwach?«
Sie sagt: »Weil ich seit 38 Tagen nicht mehr gegessen habe.«
Der Sohn daraufhin: »Das ist ja schrecklich. Warum hast du denn 38 Tage nicht gegessen?«
Die Mutter antwortet: »Weil ich nicht mit vollem Mund antworten wollte, wenn du anrufst.«

Moische war seit vielen Jahren mit Fanny verheiratet, als sein Leben dem Ende zuging.
Sie hatten vier Töchter – drei hübsche Mädchen; jeder könnte stolz sein, solche Töchter zu haben.
Die vierte war extrem hässlich, und es dauerte ewig, bis Moische einen passenden Ehemann für sie gefunden hatte.
Als stolzer Mann fragte er sich schon immer, wie es sein konnte, dass – nachdem Fanny und er drei wunderschöne Töchter fabriziert hatten – als Viertes ein solch hässliches Entlein herausgekommen war.
Auf dem Sterbebett liegend, entschloss er sich schließlich, Fanny daraufhin anzusprechen.
Fast zu schwach zum Sprechen und nach Luft ringend, hielt er Fannys Hand und schaute zum Bettende hinüber, wo die vier Töchter standen. Er zeigte auf die hässliche Tochter und fragte: »Fanny – Fanny – sag mir – ist sie wirklich meine Tochter?«
Fanny lächelte: »Moische, ich schwöre dir, sie ist deine Tochter.«
Moische war erleichtert und starb daraufhin beruhigt.
Fanny drehte sich weg, starrte aus dem Fenster und flüsterte: »Danke, dass er nicht nach den anderen drei Mädchen gefragt hat.«

Ein junger jüdischer Mann erhält von seiner Mutter zum Geburtstag zwei neue Krawatten. Eine rote und eine blaue.
Zum nächsten jüdischen Fest sehen sie sich wieder. Der junge Mann trägt, um seiner Mutter eine Freude zu machen, eine der beiden Krawatten.
Als die Mutter die Haustür öffnet, bemerkt er ihren missbilligenden Blick.
»Mutter, was ist denn los? Ist etwas passiert?«
Sie antwortet: »Aha, du magst die andere Krawatte also nicht.«

Reuven, Shimon und Levi machen Urlaub in New York. Sie übernachten in der sechzigsten Etage eines Appartement-Hauses.
Als sie das Gebäude verlassen, um auf Entdeckungstour zu gehen, gibt Reuven Levi den Türschlüssel, da er Angst hat, ihn zu verlieren. Levi ist sich auch nicht sicher, ob der Schlüssel bei ihm sicher ist. Deshalb geben sie ihn beim Portier ab.
Eines Abends kommen die drei Männer spät nach Hause, und da teilt der Portier ihnen mit, dass der Aufzug kaputt ist. Sie müssen also sechzig Etagen zu Fuß hochlaufen. Um sich dabei abzulenken, soll jeder eine gewisse Zeit die anderen unterhalten: Reuven soll während der ersten zwanzig Etagen singen, Shimon während der nächsten zwanzig lustige Geschichten und Levi während der letzten zwanzig traurige Geschichten erzählen.
So schleppen sie sich mit Reuvens Gesang langsam hoch. Ab der zwanzigsten Etage beginnt Shimon mit seinen lustigen Geschichten. Atemlos in der vierzigsten Etage angekommen, bitten Reuven und Shimon Levi nun seine traurigen Geschichten zu erzählen. Levi schaut sie an und sagt: »Ich kann eigentlich nur an eine traurige Geschichte denken – wir haben den Schlüssel unten vergessen.«

Vier ehemalige Studentinnen treffen sich nach langer Zeit im Café. Die erste, eine katholische Frau, erzählt ihren Freundinnen: »Mein Sohn ist Priester geworden. Wohin er auch kommt, nennt ihn jeder Pater.«

Die zweite, ebenfalls katholische Frau erzählt: »Mein Sohn ist Bischof. Wohin er auch kommt, nennt ihn jeder ›Eure Exzellenz‹.«

Die dritte katholische Frau sagt: »Mein Sohn ist Kardinal. Wohin er auch kommt, nennt man ihn ›Eure Eminenz‹.«

Da die vierte Frau, eine jüdische Dame, unbeeindruckt weiter ihren Kaffee trinkt, fragen die drei anderen Damen: »Nun ...?«

Daraufhin antwortet sie: »Mein Sohn ist 1,90 Meter groß, er hat unglaublich viel Geld, starke, breite Schultern, ist unglaublich freundlich, zieht sich sehr gut an. Er hat einen kräftigen, muskulösen Körper, knackigen Hintern und was sonst noch dazugehört – und wo immer er auftaucht, rufen die Frauen: ›Oh mein Gott ...!‹«

P. GAY

Ein Mann liest in einem Buch: Eine gute Frau ist sittsam, sparsam und verschwiegen.
Na, wenn das so ist, denkt er, dann habe ich ja die perfekte Frau. Sie ist so sittsam, dass sie den ganzen Tag auf dem Sofa verbringt, sie ist so sparsam, dass sie die Handtücher zwei Wochen liegen lässt, und sie ist so verschwiegen, dass sie mir immer noch nicht gesagt hat, von wem sie unseren Moische hat.

Die drei Söhne einer Jüdin haben im Ausland ihr Glück gemacht. Sie besprechen, was sie ihrer alten Mutter schenken können.
Abraham, der älteste: »Ich kaufe ihr ein großes Haus.«
Moische, der zweite: »Ich schenke ihr einen Mercedes samt Chauffeur.«
David, der jüngste: »Wisst ihr noch, wie gerne Mutter in der Bibel las? Aber jetzt sieht sie nicht mehr gut. Ich schenke ihr einen Papagei, der die ganze Bibel rezitieren kann. Mutter braucht nur Kapitel und Vers zu nennen.«
Bald danach kommt der Dankesbrief von ihrer Mutter.
»Abraham«, schreibt sie, »das Haus ist viel zu groß. Ich bewohne nur ein Zimmer, muss aber das ganze Haus sauber machen.« – »Moische«, schreibt sie weiter, »ich bin zu alt, um in der Welt herumkutschiert zu werden. Außerdem ist der Chauffeur frech und gibt ungehörige Antworten.« – »Jetzt aber zu dir, mein lieber David«, schreibt sie, »das Hähnchen war köstlich!«

Sarah: »Was würdest du tun, wenn ich sterben würde? Würdest du wieder heiraten?«
Shlomo: »Auf gar keinen Fall!«
Sarah: »Warum denn nicht? – Bist du nicht gerne verheiratet?«
Shlomo: »Natürlich bin ich das.«
Sarah: »Also, warum willst du dann nicht wieder heiraten?«
Shlomo: »Okay, ich werde wieder heiraten.«
Sarah (mit schmerzlichem Gesichtsausdruck): »Das würdest du? Würdest du auch in unserem Haus weiter wohnen?«
Shlomo: »Natürlich, es ist ein tolles Haus.«
Sarah: »Würdest du mit ihr in unserem Bett schlafen?«
Shlomo: »Wo sonst könnten wir schlafen?«
Sarah: »Würdest du sie mein Auto fahren lassen?«
Shlomo: »Ich denke schon. Es ist noch wie neu.«
Sarah: »Würdest du meine Fotos mit ihren austauschen?«
Shlomo: »Das erscheint mir angemessen zu sein.«
Sarah: »Würde sie auch meine Golfschläger benutzen?«
Shlomo: »Nein, sie ist Linkshänderin.«

Drei Brüder wandern nach Amerika aus. Dort angekommen, fragt der Beamte von der Einwanderungsbehörde den ersten Bruder: »Wie heißt du?«
»Berl«, antwortet dieser.
»Beryl? Mit so einem Namen kannst du aber nicht einreisen. Ab heute heißt du Bock.«
Er fragt den zweiten Bruder: »Und wie heißt du?«
»Cherl«, antwortet der zweite.
»Cheryl? Das ist kein Name in Amerika. Ab heute heißt du Chock.«
Als er sich dem dritten Bruder zuwendet, sagt dieser: »Ich heiße Schmerl … und ich fahre zurück nach Polen.«

Beruf | Geschäfte | Geld

Ein junger Mossad-Agent erhält seinen ersten Auftrag: »Geh in die Ben-Jehuda-Straße. Dort siehst du ein rotes Hochhaus. Du klingelst bei Cohn. Wenn eine Stimme dich fragt, wohin du willst, dann sagst du ›Der Himmel ist grün‹. Der Chef des Mossad wird dich in Empfang nehmen.«
Der junge Mann geht in die Ben-Jehuda-Straße. Er entdeckt das rote Haus sofort. Dort angekommen, will er klingeln, doch er erinnert sich plötzlich nicht mehr an den Namen. Er überlegt kurz, was er machen soll, und entscheidet sich dann, auf gut Glück irgendwo zu klingeln.
Er wählt die erste Etage. Eine Frau erscheint am Fenster und ruft: »Wer sind Sie?«
»Der Himmel ist grün«, sagt der junge Mann.
Die Frau antwortet: »Wenn Sie zum Mossad wollen, der ist in der dritten Etage!«

Samuel hatte sich unlängst einer gründlichen Vorbeugeuntersuchung unterzogen. Als drei Wochen später die Laborwerte eintrafen, sagte ihm der Arzt, dass er für sein Alter in einer einigermaßen guten körperlichen Verfassung sei. Samuel war etwas beunruhigt und fragte den Arzt: »Meinen Sie, dass ich achtzig Jahre alt werden kann?«

Der Arzt antwortete: »Rauchen Sie oder trinken Sie Bier?«

»Oh nein«, antwortet Samuel. »Nichts davon.«

Daraufhin fragte ihn der Arzt: »Essen Sie gegrilltes Steak?«

»Nein«, sagte Samuel, »ich habe gehört, dass rotes Fleisch sehr ungesund sein soll.«

»Halten Sie sich lange in der Sonne auf? Zum Beispiel beim Golfen?«, fragte ihn der Arzt.

»Nein, niemals«, erwiderte Samuel.

Der Arzt fragte ihn: »Spielen Sie um Geld, fahren Sie schnelle Autos oder flirten Sie viel mit Frauen?«

»Nein«, antwortete er, »ich tue nichts von alledem.«

Der Arzt schaute Samuel an und fragte: »Warum wollen Sie dann achtzig Jahre alt werden?«

Moische und Jankel sind zur israelischen Armee eingezogen worden und unter die Fallschirmspringer geraten. Sie sollen ihren ersten Übungssprung machen. Der Sergeant erklärt: »Es ist alles ganz einfach. Ihr springt aus dem Flugzeug, zählt bis zwanzig und drückt auf den Knopf hier rechts am Geschirr. Dann öffnet sich der Fallschirm. Sollte er sich dennoch nicht öffnen – und das geschieht vielleicht einmal bei hunderttausend Sprüngen –, zählt ihr wieder bis zwanzig und drückt hier auf den linken Knopf. Dann öffnet er sich ganz gewiss. Unten warten sie auf euch mit den Autos, mit denen ihr zurück ins Camp gebracht werdet.«

Moische und Jankel springen, zählen bis zwanzig und drücken auf den rechten Knopf – die Fallschirme bleiben geschlossen. Sie zählen abermals bis zwanzig und drücken auf den linken Knopf – die Fallschirme öffnen sich nicht. Da sagt Moische zu Jankel: »Typisch jüdische Organisation. Du wirst sehen, wenn wir unten ankommen, sind die Autos auch nicht da.«

Eines Nachts brannte in einer Kleinstadt eine Chemiefabrik. Innerhalb weniger Sekunden verwandelte sich die Fabrik in einen Feuerball. Der Alarm ging bei mehreren Feuerwehren der Umgebung ein. Als die freiwillige Feuerwehr vor Ort ankam, sagte der Leiter der Chemiefabrik zum Feuerwehrchef: »Alle unsere geheimen Formeln befinden sich im Keller des Gebäudes. Sie müssen unbedingt gerettet werden! Ich gebe der Feuerwehr, die sie unbeschädigt aus dem Gebäude rausbringt, 50 000 Euro.«
Aber die stechenden Flammen hielten die Feuerwehrmänner vom Eindringen in das Gebäude ab. Bald schon mussten weitere Feuerwehrabteilungen gerufen werden, da die Situation immer auswegloser wurde.
Als die Feuerwehrmänner ankamen, rief der Werkleiter ihnen zu, dass er sein Angebot auf 100 000 Euro erhöhe für die Feuerwehrabteilung, die seine Formeln unbeschädigt wiederbringe.
Von Weitem waren Sirenen eines weiteren Feuerwehrwagens zu hören, der auf die Unglücksstelle zuraste. Es war die freiwillige Feuerwehr der nahe gelegenen jüdischen Landgemeinde, die nur aus Personen ab 65 Jahren bestand.
Zum Erstaunen aller Anwesenden fuhr das kleine, alte Feuerwehrauto der jüdischen Feuerwehr an allen modernen Feuerwehrautos, die bereits vor dem Chemiegebäude parkten, vorbei – geradewegs in das Innere des Infernos hinein.
Von draußen beobachteten die anderen Feuerwehrmänner, wie die Alten aus dem Wagen sprangen und begannen, das Feuer zu bekämpfen. Das waren ein Auftritt und eine Leistung, wie sie vorher noch niemand gesehen hatte. Innerhalb kurzer Zeit löschten die Männer das Feuer und retteten die geheimen Unterlagen.
Der überaus dankbare Chef der Chemiefabrik verkündete fröhlich, dass er seine Belohnung für eine derartige Heldentat auf 200 000 Euro erhöhe, und ging zu den jüdischen Feuerwehrmännern, um jedem von ihnen persönlich seinen Dank auszusprechen.
Der Reporter des lokalen Fernsehsenders kam ebenfalls auf die alten Männer zu, nachdem er alles gefilmt hatte, und fragte: »Was werden Sie denn nun mit dem vielen Geld machen?«
»Nun«, sagte Abe Hertzfeld, der siebzigjährige Feuerwehrchef, »als Erstes werden wir die verdammten, verrosteten Bremsen dieser Karre reparieren lassen!«

Ein amerikanischer Tourist fuhr in Israel mit einem Taxi. Der Amerikaner war entsetzt, als der Taxifahrer eine rote Ampel überfuhr, ohne auch nur das Tempo zu verlangsamen. Obwohl er erstaunt war, sagte er lieber nichts. Schließlich war er nur Gast in einem fremden Land und wollte kein Aufsehen erregen.

Sie fuhren weiter und alles verlief reibungslos, bis sie zur nächsten Ampel kamen.

Dieses Mal zeigte die Ampel grün, und zum Erschrecken des Amerikaners brachte der Taxifahrer das Auto mit quietschenden Reifen zum Stehen. Da konnte der Amerikaner seine Verwunderung nicht mehr verstecken, wandte sich an den Fahrer und sagte: »Jetzt hören Sie mal, als Sie über die rote Ampel gefahren sind, habe ich mich zurückgehalten. Aber warum um alles in der Welt halten Sie an einer grünen Ampel an?«

Der israelische Taxifahrer guckte den Amerikaner entsetzt an und schrie: »Sind Sie übergeschnappt? Der andere Fahrer hat rot! Möchten Sie, dass er uns umbringt?«

Es ist Shabbat. Ein Jude bietet in Tiberias auf der Straße eine Hose zum Verkauf an: »Seht diese wunderschöne Hose! Zum halben Preis gehört sie Ihnen!«
Ein Passant: »Schämen Sie sich nicht, am Shabbat Geschäfte zu machen?«
Entrüstet ruft der Händler: »Ich biete die Hose zum halben Preis an, und der nennt das Geschäft!«

Morris und seine Frau Esther gingen jedes Jahr auf einen Jahrmarkt. Jedes Jahr aufs Neue bat Morris seine Frau: »Esther, ich würde gerne mit dem Hubschrauber fliegen.« Ihre Antwort war daraufhin von Jahr zu Jahr: »Aber Morris, dieser Flug kostet fünfzig Euro – und fünfzig Euro sind fünfzig Euro.«

Als Esther und Morris wieder einmal auf dem Jahrmarkt waren, sagte Morris: »Esther, ich bin jetzt 85 Jahre alt. Wenn ich dieses Jahr nicht mit dem Hubschrauber fliege, werde ich vielleicht nie wieder die Möglichkeit dazu haben.«

Esther antwortete: »Morris, dieser Flug kostet fünfzig Euro – und fünfzig Euro sind fünfzig Euro.«

Der Pilot hörte das Ehepaar und sagte: »Ihr beiden, ich mache euch ein Angebot. Ich nehme euch beide mit auf einen Flug. Wenn ihr während des gesamten Fluges ruhig seid und kein einziges Wort sagt, werde ich euch nichts berechnen! Wenn ihr aber auch nur ein Wort sagt, zahlt ihr fünfzig Euro.«

Morris und Esther stimmten zu und flogen mit dem Piloten los. Der Pilot machte eine Menge ausgefallener Manöver, brachte aber keinen Ton aus dem Ehepaar heraus. Er machte weitere waghalsige Tricks – immer und immer wieder. Sie sagten kein Wort.

Als sie landeten, wandte sich der Pilot zu Morris und sagte: »Donnerwetter! Ich habe alles versucht, um etwas aus euch herauszubekommen, aber ihr seid still geblieben. Ich bin beeindruckt!«

Morris daraufhin: »Nun, um die Wahrheit zu sagen, ich hätte beinahe etwas gesagt, als Esther rausgefallen ist, aber, wissen Sie – fünfzig Euro sind fünfzig Euro.«

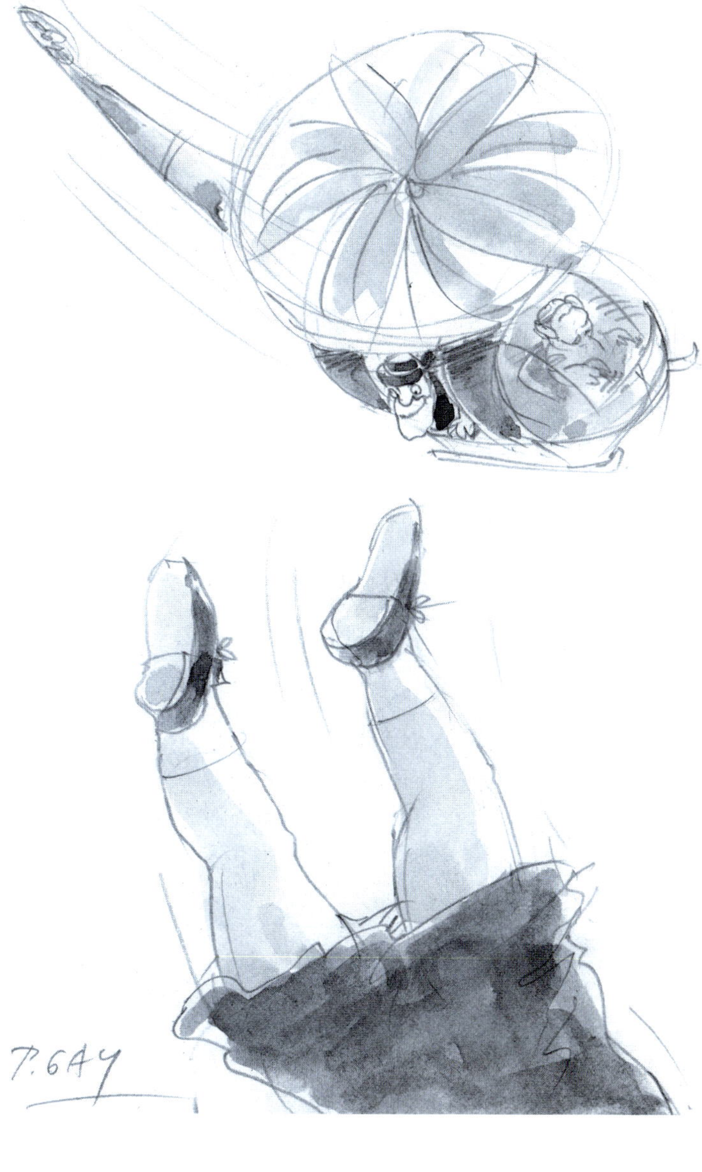
P. GAY

Der alte Moische Teitelbaum liegt im Sterbebett:
»Sarah, mein geliebtes Weib, bist du hier?«
»Ja Moische, ich werde nicht von deiner Seite weichen.«
»Und Isaak, mein einziger Sohn, bist auch du bei mir?«
»Ja, Vater, ich bin auch hier.«
»Und Hanna, meine Tochter, mein Augenstern, bist auch du hier?«
»Natürlich bin ich hier, Vater.«
Da bäumt sich der Alte auf und brüllt: »*Und wer um Himmels willen ist dann im Laden?!*«

Ein chinesischer und ein jüdischer Pilot sind gemeinsam auf einem Flug nach New York. Aus irgendeinem Grund mögen sich die beiden nicht sonderlich, und den ganzen Flug über sagt keiner ein Wort. Irgendwann bricht der jüdische Pilot doch das Schweigen und sagt: »Ich mag die Chinesen nicht, die haben Pearl Harbour zerbombt.«
»Nein, nein, nein«, sagt der Chinese, »das waren die Japaner.«
»Chinesen, Japaner, Vietnamesen – alles das Gleiche«, entgegnet der Jude.
Nach einer halben Stunde weiteren Schweigens sagt der Chinese plötzlich: »Ich mag die Juden nicht, die haben die Titanic versenkt.«
»Nein, nein, nein«, sagt der jüdische Pilot, »das war ein Eisberg.«
»Eisberg, Goldberg, Rosenberg – alles das Gleiche«, erwidert der Chinese.

Ein Mann fährt durch eine Vorstadt von Jerusalem und entdeckt ein Schild an einem Hauseingang: »Sprechender Hund zu verkaufen«. Er klingelt an der Tür, und der Hausherr sagt ihm, dass der Hund im Hinterhof sei.
Der Mann geht in den Hinterhof und sieht einen Labrador Retriever.
»Du kannst also sprechen?«, fragt der Mann.
»Ja«, antwortet der Hund.
»Also, was hast du zu erzählen?«, will der Mann wissen. Der Hund schaut ihn an und sagt: »Ich war noch sehr jung, als ich festgestellt habe, dass ich reden kann, und ich wollte etwas Sinnvolles damit tun. Also habe ich dem Mossad von meinem besonderen Talent berichtet, und im Handumdrehen befand ich mich in Räumen zusammen mit Spionen, Spitzenpolitikern und verdächtigen Terroristen. Da niemand erwartet hätte, dass ein Hund lauschen kann, galt ich acht Jahre lang als der wertvollste Agent des Mossad. Aber es war eine sehr anstrengende Arbeit, die mich sehr ermüdete. Ich wusste, dass ich nicht jünger werden würde, und ich wollte gerne sesshaft werden. Also habe ich mich für einen weniger stressigen Job am Flughafen Ben Gurion in Tel Aviv gemeldet. Meistens musste ich mich in der Nähe von verdächtigen Personen aufhalten und ihre Gespräche belauschen. Ich habe dabei Unglaubliches aufgedeckt und wurde mit einer Vielzahl von Ehrenmedaillen ausgezeichnet. In dieser Zeit heiratete ich, bekam eine Menge Welpen und jetzt bin ich pensioniert. Tja, das war's eigentlich auch schon.«
Der Mann ist fasziniert und geht zurück ins Haus. Er fragt den Hausherrn, wie viel er für den Hund verlange.
»Zehn Schekel«, antwortet dieser.
»Der Hund ist erstaunlich. Warum um alles in der Welt verkaufen Sie ihn so billig?«, fragt der Mann.
»Weil er ein Lügner ist. Er hat nie für den Mossad gearbeitet!«, antwortet der Hausherr.

P. GAY

Zwei Bettler sitzen nebeneinander vor dem Kölner Dom. Der eine trägt ein Kreuz, der andere einen Davidstern. Viele Leute gehen an ihnen vorbei, einige bleiben stehen, aber nur dem Bettler mit dem Kreuz geben sie Geld.
Da kommt ein Priester vorbei und beobachtet die beiden eine Zeit lang. Er geht zu dem Bettler mit dem Davidstern und sagt: »Mein armer Bruder, verstehst du denn nicht? Du sitzt vor dem Kölner Dom. Die Leute werden dir kein Geld geben, wenn du hier mit einem Davidstern sitzt, schon gar nicht, wenn du neben einem Bettler sitzt, der ein Kreuz trägt.«
Der Bettler mit dem Davidstern hört dem Priester zu, wendet sich an den anderen Bettler und sagt: »Moische, sieh mal, wer versucht, den Goldstein-Brüdern etwas über Marketing beizubringen.«

Ein jüdischer Tourist kommt an den See Genezareth. Dort steht ein kleines Boot zur Überfahrt bereit. Er geht hin und fragt den Bootsführer mit jiddischem Akzent: »Entschuldigen se bitte die Frage, was kostet hinieber zu fahren ieber de See Genezareth?«

Der Bootsmann schaut ihn an und sagt: »Zwanzig Schekel.«

»Zwanzig Schekel? Das is aber a bissele viel!«, antwortet der Mann.

»Mein lieber Freund, das ist der See Genezareth. Über diesen See ist Christus zu *Fuß* gegangen!«, erwidert der Bootsführer.

»Ka Wunder bei *den* Preisen!«, antwortet der jüdische Tourist.

Ein Rabbiner aus Israel, der gerade als Tourist Rom besucht, hat das Glück, eine Audienz beim Papst zu erhalten. Während sie sich unterhalten, bemerkt der Rabbiner ein rotes Telefon auf dem Schreibtisch des Papstes.
Der Rabbiner fragt schließlich, wozu dieses Telefon dient. Der Papst antwortet ihm, dass es eine direkte Verbindung zu Gott sei.
Der Rabbiner fragt, ob er es ausprobieren dürfe. Der Papst willigt ein. Allerdings müsse er einhundert Euro für den Anruf zahlen. Der Rabbiner dankt und benutzt das Telefon.
Einige Monate später, als der Papst Israel besucht, kommt er auch bei seinem Rabbiner-Freund vorbei.
Während sie sich unterhalten, bemerkt der Papst ein rotes Telefon auf dem Schreibtisch des Rabbiners.
Der Papst fragt, ob dieses Telefon den gleichen Zweck erfülle wie seins. Der Rabbiner nickt.
Daraufhin fragt der Papst, ob er das Telefon benutzen dürfe. Der Rabbiner willigt ein und informiert ihn, dass er für das Telefonat fünfzig Cent zahlen müsse.
Der Papst fragt überrascht: »Als du mein Telefon benutzt hast, solltest du hundert Euro zahlen, und wenn ich deines benutzen möchte, muss ich nur fünfzig Cent zahlen. Wie kommt das?«
Der Rabbiner lächelt und antwortet: »Weil das hier ein Ortsgespräch ist.«

Ein orthodoxer Jude geht in eine Bank in New York und fragt nach dem Geschäftsführer. Er erzählt ihm, dass er für zwei Wochen auf eine Geschäftsreise nach Europa muss, und bittet ihn um einen Kredit über 5 000 Dollar.
Der Banker sagt ihm, dass die Bank eine Sicherheit für diese Summe benötigt. Der Jude gibt ihm den Schlüssel seines Rolls-Royce, der auf der Straße direkt vor der Bank steht. Der Banker willigt ein, das Auto als Pfand für den Kredit einzubehalten.
Ein Bankangestellter fährt die Limousine in die firmeneigene Tiefgarage und parkt sie dort.
Zwei Wochen später kommt der Mann zurück, zahlt der Bank die 5 000 Dollar zurück sowie die Zinsen von 15,41 Dollar.
Der Geschäftsführer sagt: »Wir sind sehr froh, mit Ihnen Geschäfte machen zu dürfen, und mit der Transaktion hat alles wunderbar geklappt. Dennoch sind wir etwas erstaunt. Während Sie weg waren, haben wir Sie überprüft und herausgefunden, dass Sie Multimillionär sind. Und deshalb sind wir so verwundert: Warum leihen Sie sich von uns 5 000 Dollar?«
Worauf der Jude antwortet: »Wo sonst kann ich mein Auto in New York zwei Wochen lang für nur 15 Dollar parken?«

Ein amerikanischer Tourist in Tel Aviv betrat das beeindruckende *Mann Auditorium*, um sich ein Konzert der israelischen Philharmonie anzuhören. Er bewunderte die einzigartige Architektur und die moderne Ausstattung des Gebäudes.
Er wandte sich zu seinem Freund und fragte ihn, ob das Gebäude nach dem weltberühmten Autor Thomas Mann benannt wurde.
»Nein«, antwortete sein Freund, »es ist nach Frederic Mann aus Philadelphia benannt worden.«
»Ach ja? Ich habe noch nie von ihm gehört. Was hat er geschrieben?«
»Einen Scheck.«

Während der großen Wirtschaftskrise spazieren zwei jüdische Männer die Straße entlang, als sie an einer Baptisten-Kirche vorbeikommen. Draußen lehnt ein großes Schild, auf dem steht: »Treten Sie in unsere Kirche ein und Sie bekommen fünfzig Mark.«
Einer der beiden Männer bleibt stehen und starrt auf das Schild. Sein Freund guckt ihn an und sagt: »Murray, was machst du da?«
»Abe«, antwortet Murray, »ich überlege das zu tun.«
Daraufhin fragt Abe: »Bist du verrückt geworden?«
Murray überlegt für eine Minute und sagt dann: »Abe, ich werde es tun. Die Kinder brauchen Schuhe und sie müssen essen.« Kaum ausgesprochen, steuert er auch schon zielstrebig die Kirche an.
Eine Stunde später kommt er mit nasser Stirn heraus.
»Und?«, fragt Abe, »hast du die fünfzig Mark bekommen?«
Murray schaut ihn an und erwidert: »Ist das alles, woran ihr Leute denkt?«

Essen

Eines Tages besuchte Moische seinen Rabbiner. »Rabbi, letzte Woche habe ich versäumt, nach dem Essen das Gebet zu halten.«

»Warum?«, fragte der Rabbiner.

»Weil ich vergaß, vor dem Essen meine Hände zu waschen.«

»Somit hast du bereits zwei Regeln gebrochen. Aber du hast mir immer noch nicht gesagt warum.«

»Das Essen war nicht koscher.«

»Du hast unkoscheres Essen gegessen?«, fragte der Rabbiner.

»Es war kein jüdisches Restaurant.«

»Das macht es ja noch schlimmer«, erwiderte der Rabbiner ungehalten. »Hättest du nicht in einem koscheren Restaurant essen können?«

»Was, an Jom Kippur?«

Moische nimmt sein Pessachessen mit in den Park, um dort auf einer Parkbank zu Mittag zu essen. Kurz darauf kommt ein blinder Mann vorbei und setzt sich neben ihn.
Moische bietet dem Blinden eine Scheibe Matzebrot an. Der blinde Mann befühlt die Matze eine ganze Weile, schaut dann Moische ziemlich verstört an und sagt: »Wer hat denn diesen Mist geschrieben?«

Ein Jude geht zum Metzger, zeigt auf ein großes Stück Schinken und sagt: »Ich hätte gerne ein Stück von diesem Fisch.«
Darauf sagt der Metzger: »Das ist doch kein Fisch, das ist Schinken.«
Daraufhin antwortet Jude: »Ich habe Sie nicht nach dem Namen des Fisches gefragt.«

Monte geht in ein koscheres Restaurant, um seinen guten Freund Herschel zu treffen.
Als die beiden sich begrüßen, bemerkt Herschel Montes goldene Zähne. Er fragt Monte, seit wann er diese denn schon habe.
»Oh, ich habe sie gerade erst bekommen! Ich habe sieben Paar davon!«
»Sieben? Warum brauchst du sieben Paar?«, fragt Herschel.
»Also, ich habe ein Set für Fleisch, eines für Milch und ein anderes für Parve«, erklärt Monte.
»Und die anderen?«
»Na ja, wie du weißt, benötigt man zu Pessach Extrageschirr. Also benutze ich zu Pessach ebenfalls ein Set für Fleisch, eines für Milch und ein anderes für Parve.«
Herschel war erstaunt.
»Und wofür ist dann das siebte Set?«
Monte erwidert etwas verschämt: »Na ja, hin und wieder esse ich auch mal ganz gerne ein Schinkenbrot.«

Fragt der Pfarrer den Rabbiner: »Wann werden Sie endlich Schweinefleisch essen?«
Sagt der Rabbiner: »Auf Ihrer Hochzeit, Hochwürden!«

Ein Jude zog in eine sehr katholische Gegend. Seine katholischen Nachbarn wurden freitags immer sehr nervös, denn während sie ihren Fisch aßen, saß der Jude im Garten und grillte Steaks. Also machten sie sich daran, ihn zu bekehren. Nach langer Überzeugungsarbeit willigte er schließlich ein. Sie brachten ihn zu einem Priester, der ihn mit gesegnetem Wasser besprenkelte und sprach: »Geboren als Jude – aufgewachsen als Jude – jetzt ein Katholik.«

Die Katholiken waren begeistert. Nun würde es freitags endlich vorbei sein mit den verführerischen Gerüchen. Aber am nächsten Freitag zog der Grillgeruch wieder durch die Nachbarschaft. Die Katholiken rannten zum Haus des Konvertierten, um ihn an seine neue Diät zu erinnern. Sie fanden ihn am Grill stehend, wo er Wasser über das Fleisch sprenkelte und sagte:

»Geboren als Kuh – aufgewachsen als Kuh – jetzt ein Fisch.«

P. GAY

Drei Männer, ein Italiener, ein Franzose und ein Israeli, sind zum Tode verurteilt worden. Es wird ihnen mitgeteilt, dass sie das Recht haben, sich noch eine letzte Mahlzeit vor der Hinrichtung zu wünschen.
»Gebt mir den besten französischen Wein und ein Baguette«, sagt der Franzose.
Sie geben es ihm, er isst und trinkt und wird hingerichtet. Als Nächster ist der Italiener an der Reihe.
»Bringt mir eine große Schüssel Pasta!« Sie bringen sie ihm, er isst die Nudeln und wird hingerichtet.
Nun ist der Israeli an der Reihe.
»Ich möchte eine große Schüssel Erdbeeren«, sagt der Israeli.
»Erdbeeren? Aber es ist doch noch lange keine Erdbeersaison!«
»Nun, dann warte ich.«

MENUE
P. GAY

Ein Jude kommt in ein Delikatessengeschäft und fragt: »Wie viel kostet der Schinken?« Draußen zieht ein Gewitter auf, und im gleichen Augenblick gibt es einen mächtigen Donnerschlag. Der Jude erhebt beschwichtigend seine Augen zum Himmel und sagt: »Na, fragen wird man doch noch dürfen!«

Chuzpe

Ein Priester, ein Pastor und ein Rabbiner stehen im Wilden Westen vor dem Richter.
Sie sind angeklagt, weil sie beim Pokern ertappt wurden.
Der Richter wendet sich an den Priester: »Sie werden beschuldigt, am illegalen Pokerspiel teilgenommen zu haben!«
Darauf antwortet der Priester: »Aber Euer Ehren, ich bin ein Mann Gottes, so etwas würde ich nie tun!«
Der Richter glaubt ihm und lässt die Anklage fallen. Danach befragt der Richter den Pastor: »Stimmt es, dass Sie gepokert haben?«
Der Pastor antwortet: »Euer Ehren, ich schwöre, ich würde so etwas niemals tun, glauben Sie mir!«
Der Richter ist damit zufrieden und entlässt auch ihn. Dann wendet er sich dem Rabbiner zu. Doch bevor er ihn fragen kann, erklärt der Rabbiner: »Entschuldigen Sie bitte, aber sagen Sie mir, wie soll ich denn allein Poker gespielt haben?«

Fünf jüdische Männer spielten Poker, als Meyerowitz auf einen Schlag fünfhundert Euro verlor, aufstand, sich die Brust hielt und tot umfiel.
Um dem verstorbenen Freund Respekt zu erweisen, beendeten die anderen vier ihr Spiel stehend.
Nach dem Spiel schaute sich Samuel um und fragte: »So, und wer sagt es nun seiner Frau?«
Sie einigten sich darauf, Streichhölzer zu ziehen. Jakob, der auch sonst immer verlor, zog das kürzeste. Seine Freunde baten ihn, diskret und behutsam zu sein und die Situation nicht noch schlimmer zu machen.
»Meine Freunde! Diskret? Ich bin der diskreteste Mensch, den es gibt. Diskretion ist mein zweiter Vorname. Vertraut mir!«
Jakob ging zum Haus von Meyerowitz und klopfte an der Tür. Die Frau fragte ihn, was er wolle.
Jakob verkündete: »Ihr Mann hat gerade fünfhundert Euro verloren und traut sich nicht, nach Hause zu kommen.«
Die Frau brüllte ihn an: »Sag ihm, er soll tot umfallen!«
»In Ordnung«, erwiderte Jakob, »ich werde es ihm ausrichten.«

Ein Jude fährt mit 160 Stundenkilometern und wird von einem Polizeibeamten angehalten.
Der Polizist fragt ihn: »Entschuldigung, mein Herr, aber wo brennt's denn?«
Der Jude antwortet: »Ich beeile mich so, weil ich Drogen und Kalaschnikows schmuggele.«
Der Polizist fordert sofort Verstärkung an. Als die ersten Kollegen eingetroffen sind, wird das Auto sofort kontrolliert; es werden jedoch weder Drogen noch Kalaschnikows gefunden.
Der Kommandeur ist wütend auf den Polizeibeamten wegen des falschen Alarms. Er geht zum Fahrer und entschuldigt sich, worauf der Jude antwortet: »Ich bin sicher, er hat Ihnen auch erzählt, dass ich 160 Kilometer pro Stunde gefahren bin.«

Ein älterer jüdischer Mann aus Paris ruft seinen Sohn in London an und sagt: »Ich ruiniere ungern deinen Tag, aber ich muss dir mitteilen, dass deine Mutter und ich uns scheiden lassen werden. Fünfundvierzig unerträgliche Jahre sind genug.«
»Papa, was erzählst du da?«, schreit der Sohn.
»Wir halten es nicht mehr aus, uns jeden Tag sehen zu müssen«, sagt der alte Mann. »Wir machen uns gegenseitig krank, und ich kann auch nicht mehr darüber reden. Daher ruf du deine Schwester in Berlin an und erzähle es ihr.« Dann hängt er auf.
Völlig außer sich ruft der Sohn seine Schwester an, die daraufhin vor Wut ausrastet: »Von wegen die lassen sich scheiden«, donnert sie, »ich kümmere mich darum.« Sofort ruft sie ihren Vater an und brüllt den alten Mann an: »Ihr werdet euch *nicht* scheiden lassen! Ihr macht nichts, bevor ich da bin. Ich rufe meinen Bruder jetzt wieder an, und wir werden morgen beide bei euch sein! Bis dahin tut ihr nichts, *hörst du mich?*«, und hängt den Hörer auf.
Der alte Mann legt den Hörer auf und wendet sich an seine Frau: »Alles klar«, sagt er, »sie kommen zu Pessach und zahlen ihre Flüge selber.«

Ein Pastor, ein Priester und ein Rabbiner unterhalten sich darüber, was sie mit dem Spendengeld ihrer Gemeinden machen sollen.
Der Pfarrer sagt: »Bei uns geht die eine Hälfte an wohltätige Zwecke und die andere Hälfte bleibt in unserer Gemeinde.«
Der Priester sagt: »Bei uns ist es ähnlich: Die eine Hälfte geben wir Bedürftigen, die andere Hälfte bleibt in unserer Gemeinde.«
Der Rabbiner sagt: »Also, bei uns läuft das anders. Wir geben alles Gott. Dazu werfen wir das ganze Geld zum Himmel. Was er behalten will, behält er – der Rest bleibt in unserer Gemeinde.«

Ein Student lernt an der Jeschiwa ein Mädchen kennen, das aus einer nichtorthodoxen Familie stammt.
Sie heiraten und bekommen viele Kinder, so wie es die Religion vorschreibt.
Nach einigen Jahren fragt er sie: »Sag mal, ich wollte dich immer schon mal etwas fragen. Hattest du vor mir eigentlich schon andere Männer?«
Daraufhin sagt sie: »Dann beantworte mir doch mal Folgendes: Warst du in all den Jahren, in denen wir verheiratet sind, zufrieden, wie ich unseren Haushalt geführt habe?«
»Absolut. Das machst du hervorragend!«
»Und die Erziehung unserer Kinder? Findest du, dass ich unsere Kinder gut erzogen habe?«
»Sehr. Unsere Kinder hätten keine bessere Mutter haben können!«
»Und unser Sexleben? Bist du mit unserem Sexleben zufrieden?«
»Was für eine Frage, mein Schatz. Du bist klasse im Bett!«
»Und du meinst, das habe ich alles in der Jeschiwa gelernt?«

»Was ist eigentlich der Unterschied zwischen Frechheit und Chuzpe?«, fragt Noam seinen Freund David.
»Das ist ganz einfach«, antwortet David. »Wenn ich nach Hause komme und meine Frau mit meinem Buchhalter im Bett erwische – das ist eine Frechheit. Wenn ich dann aber meine Frau zur Rede stelle und sie antwortet: ›Du solltest dir an ihm ein Beispiel nehmen‹ – Das ist Chuzpe!«

Zwei Juden sitzen im Rettungsboot, nachdem sie Schiffbruch erlitten haben. »Großer Gott«, betet der eine, »wenn du uns mit dem Leben davonkommen lässt, will ich die Hälfte meines Vermögens für einen guten Zweck stiften.«
Sie rudern den ganzen Tag und die ganze Nacht, aber es ist weit und breit keine Rettung in Sicht.
»Herr«, verspricht der Jude wieder, »wenn wir durch deine Hilfe aus diesem Schlamassel herauskommen, dann ...«
»Halt!«, unterbricht ihn der andere. »Hör auf mit den Angeboten. Land in Sicht!«

SCHECK
10000000
P. GAY

Ein alter Jude läuft schwer bepackt über einen Bahnhof in einer Kleinstadt und fragt nach längerem Zögern einen seiner Mitreisenden: »Was halten Sie eigentlich von Juden?«
Darauf erwidert der Mann: »Ich bin ein großer Bewunderer des jüdischen Volkes.«
Der alte Jude geht weiter und stellt dem Nächsten dieselbe Frage. Der antwortet: »Ich bin fasziniert von den Leistungen jüdischer Mitmenschen in Kultur und Wissenschaft.«
Der Jude bedankt sich für diese Antwort und geht zum nächsten Mann. Der sagt: »Ich mag Juden nicht besonders und bin froh, wenn ich nichts mit ihnen zu tun habe.«
Darauf erwidert der alte Jude: »Sie sind ein ehrlicher Mann, könnten Sie bitte auf mein Gepäck aufpassen, ich muss mal kurz zur Toilette.«

Präsident Bush bittet den Chef der CIA zu sich und fragt ihn: »Wie kommt es, dass die Juden immer alles wissen, bevor wir es erfahren?«
Der CIA-Chef antwortet: »Die Juden haben da eine Redensart: ›Wus titsich?‹«
Der Präsident seufzt: »Meine Güte, was soll das denn heißen?«
»Nun, Herr Präsident«, antwortet der CIA-Chef, »es ist eine jüdische Redensart, die grob übersetzt bedeutet: ›Was gibt's Neues?‹ Sie fragen sich einfach gegenseitig und wissen über alles Bescheid.«
Der Präsident beschließt, selbst verdeckte Ermittlungen anzustellen, um herauszufinden, ob das stimmt. Er verkleidet sich als orthodoxer Jude – schwarzer Hut, langer schwarzer Mantel – und wird unter Geheimhaltung nach New York geflogen, dort von einem getarnten Auto abgeholt und im jüdischen Teil Brooklyns rausgelassen.
Schon bald kommt ein kleiner alter Mann an ihm vorbei. Der Präsident hält ihn an und flüstert: »Wus titsich?«
Der alte Mann flüstert zurück: »Bush ist in Brooklyn.«

Drei Männer sitzen am Strand von Miami und erzählen, wie es sie nach Miami verschlagen hat.
Moische sagt: »Ich hatte ein Holzgeschäft mit riesigem Inventar. Dann brach eines Nachts ein Feuer in meinem Lager aus. Außer Asche ist mir nichts geblieben. Also habe ich meinen Versicherungsbetrag kassiert und nun bin ich hier.«
Bernie erzählt: »Wirklich? Mir ist das Gleiche passiert. Ich hatte ein Papierwarengeschäft. Eines Nachts ist die Sprinkleranlage aus Versehen angesprungen und hat mein ganzes Inventar aufgeweicht. Tja, und nun bin ich hier mit der Versicherungssumme.«
Die beiden gucken zum dritten Mann hinüber.
»Und du? Warum bist du hier?«, fragen sie ihn.
»Mein Name ist Joel. Ich war Schneidermeister und habe die schönsten Hemden von Hawaii geschneidert. Ohne Vorwarnung kam ein Hurrikan und hat mein ganzes Inventar ins Meer gefegt. So wie ihr habe ich meine Versicherungssumme kassiert und sitze nun hier.«
Die beiden anderen Männer gucken sich an und nicken stumm.
Dann sagt Bernie: »Wie macht man einen Hurrikan?«

Als ich das letzte Mal in New York war, bat mich meine Tochter, ihr eine Barbie mitzubringen. Ich ging also in ein Spielwarengeschäft, das sich im jüdischen Viertel befand, und schaute mich um.
»Wie teuer ist dieses Barbie-Set?«, fragte ich.
»19,95 Dollar«, antwortete der jüdische Verkäufer.
»Und wie teuer ist das Set ›Barbie am Strand‹?«
»Auch 19,95 Dollar.«
Ich sah ein anderes Set und fragte: »Wie teuer ist dann ›Barbie in der Disco‹?«
»Auch 19,95 Dollar.«
»Und dieses hier ›Barbie zu Hause‹?«
»Auch 19,95 Dollar.«
»Aha, und was ist mit diesem hier ›Barbie geht einkaufen‹?«
»Auch 19,95 Dollar.«
»Und dieses hier ›Barbie heiratet‹?«
»Auch 19,95 Dollar.«
Ich sah das letzte Barbie-Set und hoffte auf einen niedrigeren Preis: »Wie teuer ist ›Barbie lässt sich scheiden‹?«
»Ah, das kostet 199,95 Dollar.«
»Warum ist das so teuer?«
»Na ja, sie kommt eben mit Kens Auto, Kens Garderobe, Kens Haus und Kens Bankkonto!«

Rabbiner

Drei Rabbiner wetteiferten, wer von ihnen der Liberalste sei.
Der erste Rabbiner sagte: »In unserer Synagoge haben wir Aschenbecher an den Sitzen.«
Der zweite Rabbiner sagt: »Das ist doch gar nichts! Komm in unsere Synagoge zum Jom-Kippur-Gottesdienst, wir servieren Brötchen – mit Schinken!«
Der dritte Rabbiner sagte: »Das ist alles gar nichts! Zu den hohen Feiertagen schließen wir alle unsere Türen und hängen ein Schild raus mit der Aufschrift: ›An Feiertagen geschlossen‹.«

Am Shabbat dürfen Juden keine Tätigkeiten ausüben, die als Arbeit gesehen werden.
Daher fragt sich ein junger, frisch verheirateter Jude, ob Sex als Arbeit oder als Vergnügen gelte. Da er glaubt, dass der Rabbiner es sicherlich als Arbeit ansehen würde, beschließt er, einen Pastor zu fragen. Der Pastor antwortet: »Also wie ich das aus den jüdischen Büchern ersehe, würde ich sagen, dass Sex Arbeit ist.« Der Jude ist sehr enttäuscht und entscheidet, es beim Priester zu versuchen. Auch der gibt ihm keine befriedigende Antwort: »Nach den jüdischen Büchern zu urteilen, würde auch ich sagen, dass Sex als Arbeit angesehen werden muss.«
Somit beschließt der Jude nun doch zu seinem Rabbiner zu gehen. »Rabbi, wird Sex im Judentum als Arbeit oder als Vergnügen angesehen?« Der Rabbiner erklärt ihm daraufhin: »Sex ist definitiv ein Vergnügen! Sonst würde es meine Frau die Putzfrau machen lassen.«

Ein Rabbiner und ein Priester überqueren gemeinsam die Straße, als ein Auto um die Ecke kommt und die beiden umfährt. Der Priester steht auf und bekreuzigt sich, um sich bei Gott zu bedanken, dass ihm nichts passiert ist. Der Rabbiner steht auf und bekreuzigt sich ebenfalls. Daraufhin fragt ihn der Priester, warum er sich denn bekreuzige. Der Rabbiner antwortet: »Bekreuzigen? Ich prüfe nur, ob alles da ist: meine Brille, mein Portemonnaie, meine Uhr ...«

Der Rabbiner von Chicago ist ein passionierter Golfspieler. Leider regnet es die ganze Woche ununterbrochen, und so kann er seiner Leidenschaft nicht nachgehen. Doch dann ist an einem Shabbat-Morgen wunderschönes Wetter.

Da das Golfspielen am Shabbat aber eigentlich verboten ist, steckt der Rabbiner in einer verzwickten Lage. Er stellt sich die Frage: »Gott oder Golf?«

Erneut schaut er aus dem Fenster: Der Rasen glänzt und es weht kein Wind – einfach perfektes Golfwetter. Fünf Minuten später steht er auf dem Platz, natürlich getarnt, und zielt auf das Loch.

Im Himmel rennt Jesus zu Gott und fragt ihn: »Allmächtiger! Siehst du das? Das darf er doch nicht! Du musst ihn bestrafen!«

»Keine Sorge, Jesus, er wird seine Bestrafung erhalten.«

Der Rabbiner nimmt Schwung und ihm gelingt ein Hole-in-one.

Jesus ist entsetzt: »Gott, hast du das gesehen! Wo liegt da die Bestrafung?«

Gott antwortet: »Und wem soll er denn das jetzt erzählen?«

Boris geht zu einem Rabbiner: »Rabbi, etwas Furchtbares ist passiert, und ich muss mit dir darüber reden.«
»Was ist passiert?«, fragt der Rabbiner.
»Meine Frau will mich vergiften«, antwortet er.
Der Rabbiner erwidert erstaunt: »Wie kommst du darauf?«
Boris sagt verzweifelt: »Wirklich! Ich bin mir ganz sicher, dass sie mich vergiften will. Was soll ich nur tun?«
Der Rabbiner bietet ihm seine Hilfe an: »Lass mich mit ihr reden. Ich werde sehen, was ich aus ihr rausbekomme, und dann sehen wir weiter.«
Eine Woche später ruft der Rabbiner Boris an und sagt: »Also, ich habe mit deiner Frau gesprochen – drei Stunden am Telefon. Möchtest du meinen Rat?«
Boris antwortet erwartungsvoll: »Ja, bitte.«
»Nimm das Gift!«, sagt der Rabbiner.

Eine deutsche Journalistin in Jerusalem erfuhr von einem alten Rabbiner, der seit vielen, vielen Jahren jeden Tag zweimal an der Klagemauer betete.
In dem Bestreben, einen Bericht über ihn zu schreiben, geht sie zur heiligen Stätte – und da ist er!
Sie beobachtet den alten, bärtigen Mann beim Beten, und nach fünfundvierzig Minuten, als er gerade gehen will, geht sie auf ihn zu und bittet ihn um ein Interview.
»Ich bin Andrea Brand von Reuters, wie lange kommen Sie schon zur Klagemauer, um zu beten?«
»Seit fünfzig Jahren«, antwortet der Rabbiner.
»Fünfzig Jahre? Das ist erstaunlich! Wofür beten Sie?«
»Ich bete für den Frieden zwischen Juden und Arabern, ich bete dafür, dass all der Hass ein Ende hat, und ich bete für unsere Kinder, damit sie in Sicherheit und Freundschaft aufwachsen können.«
»Und wie fühlen Sie sich, Herr Rabbiner, nachdem Sie das seit fünfzig Jahren tun?«, fragt die Journalistin.
»Als würde ich gegen eine Wand reden«, antwortet der Rabbiner.

Ein Rabbiner steigt in einen Bus, findet aber keinen freien Sitzplatz. Er sieht eine Frau und sagt: »Wenn Sie hätten, was ich habe, würden Sie mir Ihren Sitzplatz überlassen.« Die Frau überlegt eine Weile und steht dann wortlos auf, um ihm den Sitzplatz frei zu machen.
Dann sieht der Rabbiner einen Mann mit einem Mobiltelefon telefonieren und geht auf ihn zu: »Wenn Sie hätten, was ich habe, würden Sie mich einige Minuten Ihr Telefon benutzen lassen.« Der Mann schaut überrascht, gibt dem Rabbiner aber sein Handy.
Anschließend geht der Rabbiner zum Busfahrer und sagt: »Wenn Sie hätten, was ich habe, würden Sie den Bus jetzt anhalten und mich hier herauslassen.« Der Busfahrer hält den Bus an und fragt den Rabbiner, als dieser aussteigt: »Rabbi, was ist das, was Sie haben?«
Der Rabbiner antwortet: »Chuzpe!«

Ein orthodoxes Paar trifft zur Vorbereitung der Hochzeit den Rabbiner der Gemeinde. Der Rabbiner fragt die beiden, ob sie noch Fragen haben. Der künftige Ehemann fragt: »Rabbi, wir wissen, dass Männer mit Männern und Frauen mit Frauen tanzen, aber wir hätten gerne Ihre Erlaubnis, miteinander tanzen zu dürfen.«

»Auf gar keinen Fall«, antwortet der Rabbiner. Der Mann ist enttäuscht: »Also kann ich nach der Zeremonie nicht mit meiner eigenen Frau tanzen?«

»Nein«, antwortet der Rabbiner.

»Na gut«, sagt der Mann. »Und was ist mit Sex? Können wir denn endlich miteinander schlafen?«

»Kein Problem«, antwortet der Rabbiner, »Sex ist eine Mitzwa.«

»Die Frau oben?«

»Na, klar«, antwortet der Rabbiner, »es ist eine Mitzwa.«

»Auch von hinten? – Und auf dem Küchentisch?«

»Ja, ja, auch das«, antwortet der Rabbiner, »es ist eine Mitzwa.«

»Können wir es auch im Stehen tun?«

»Nein«, sagt der Rabbiner.

»Warum denn nicht?«, fragt der Ehemann.

»Weil das zum Tanzen führen kann«, antwortet der Rabbiner.

Ein Priester besetzte mehrere Stunden alleine einen Beichtstuhl und wollte abgelöst werden. Er fragte seinen Freund, einen Rabbiner. Der Rabbiner willigte ein, bat aber den Priester, da er keinerlei Erfahrung darin habe, zuvor eine Weile zuschauen zu dürfen.
Ein Mann beichtete, dass er dreimal Ehebruch begangen hätte. Der Priester befahl ihm, zweimal das »Ave Maria« zu beten und fünf Euro in das Fach zu legen.
Als Nächstes kam eine Frau, die dem Priester beichtete, dass sie dreimal Ehebruch begangen hätte. Der Priester wiederholte seine Anweisung.
Daraufhin sagte der Rabbiner, er wüsste nun, was zu tun sei, und könne übernehmen.
Eine Frau kam zu ihm und beichtete, sie habe Ehebruch begangen.
»Wie oft?«, fragte der Rabbiner. »Nur ein einziges Mal«, antwortete die Frau.
Der Rabbiner erwiderte: »Tu es noch zwei Mal. Wir haben ein Angebot: drei für fünf Euro.«

T. GAY

Ein Mann kommt mit seinem Hund in die Synagoge.
Der Rabbiner sieht den Hund erstaunt an und fragt den Mann: »Entschuldigen Sie, aber warum nehmen Sie Ihren Hund mit in die Synagoge?«
Der Mann antwortet: »Das ist ein ganz besonderer Hund! Er kann beten!«
Der Rabbiner lässt den Mann und den Hund in die Synagoge und sieht sprachlos zu, wie der Hund seinen Tallit umhängt, eine Kippa aufsetzt und betet.
Der Rabbiner kommt aus dem Staunen nicht mehr heraus, geht zu dem Mann und sagt: »Das ist ein Wunder! Dieser Hund kann Rabbiner werden!«
»Sprechen *Sie* mit ihm«, sagt der Mann, »*er* will unbedingt Zahnarzt werden.«

Der kleine Samuel stahl die goldene Uhr des Rabbiners.
Er fühlte sich wegen des Vergehens sehr schlecht und entschied nach einer schlaflosen Nacht, zum Rabbiner zu gehen.
»Rabbi, ich habe eine goldene Uhr gestohlen.«
»Aber Samuel! Das ist verboten! Du solltest die Uhr so schnell wie möglich zurückgeben!«
»Aber was soll ich tun?«
»Gib sie dem Eigentümer zurück.«
»Möchtest du die Uhr?«
»Nein, ich sagte, dass du sie dem Eigentümer zurückgeben sollst.«
»Aber er will sie nicht.«
»Wenn das so ist, kannst du die Uhr behalten.«

Cohn hat sich einen neuen Maserati gekauft: elfenbeinfarben, rote Polsterung, zweihundertvierzig Stundenkilometer Spitzengeschwindigkeit. Sara bittet ihn inständig, den Rabbiner die Broche über den Wagen sprechen zu lassen. Cohn geht zu einem orthodoxen, altmodischen Rabbiner: »Rabbi, ich hab mir einen tollen Maserati gekauft. Ich bitte dich, sprich über ihn eine Broche!«
»Einen Maserati? Was ist das?«, fragt der Rabbiner.
»Ein modernes Auto mit acht Zylindern«, antwortet Cohn.
»Bist du meschugge? Wozu braucht ein Auto acht Kopfbedeckungen? Mit so einem Teufelszeug will ich nichts zu tun haben!«
Cohn berichtet Sara von seinem Misserfolg. Sara schickt ihn zu einem jungen, *aufgeklärten* Reformrabbiner. »Herr Rabbiner, ich habe mir einen Maserati gekauft.«
»Was Sie nicht sagen?«, erwidert der Rabbi. »Am Ende das neue Modell: elfenbeinfarben, mit roten Polstern und zweihundertvierzig Stundenkilometer Spitzengeschwindigkeit? Ja? Darf ich einmal mitfahren?«
»Gewiss, Herr Rabbiner, aber vorher sollen Sie über den Wagen eine Broche sprechen«, antwortet Cohn.
»Broche?« fragt der Rabbiner irritiert. »Was ist das?«

Ein weiser Rabbiner überquert eine Straße, als er von einem vorbeirasenden Auto angefahren und zu Boden geschleudert wird. Während sich um ihn herum eine Blutlache bildet, eilt ein irischer Priester herbei, der dem Rabbiner vorsichtig den Kopf hebt. Der Priester fragt den Rabbiner: »Mein Junge, kennen Sie das Vaterunser?«
Daraufhin öffnet der Rabbiner ein Auge und schreit: »Ich liege im Sterben und er gibt mir Rätsel auf!«

Die einzige Kuh in einer kleinen Stadt in Polen gab plötzlich keine Milch mehr. Die Bewohner unternahmen Nachforschungen und fanden heraus, dass sie eine Kuh aus Moskau für 2000 Rubel kaufen konnten, oder eine aus Minsk für 1000 Rubel.
Sparsam wie sie waren, entschieden sie sich für die Kuh aus Minsk.
Die Kuh war wunderbar. Sie gab immer viel Milch und die Leute waren sehr glücklich. Deshalb beschlossen sie, einen Bullen zu kaufen, damit er mit der Kuh weitere Nachkommen zeugen könnte. Dann würden sie sich nie mehr über zu wenig Milch Gedanken machen müssen.
Den neuen Bullen ließen sie mit der Kuh im Stall allein. Aber immer wenn der Bulle in die Nähe der Kuh kam, wich die Kuh zurück. Was auch immer der Bulle versuchte, die Kuh ließ ihn nicht an sich ran.
Die Bürger wussten nicht weiter und wandten sich an ihren Rabbiner. Sie erzählten ihm: »Immer wenn der Bulle in die Nähe der Kuh kommt, geht sie weg. Wenn er von hinten kommt, geht sie nach vorne. Wenn er von vorne kommt, geht sie nach hinten. Kommt er von der Seite, weicht sie in die andere Richtung aus.«
Der Rabbiner dachte eine Minute nach und fragte dann: »Habt Ihr die Kuh in Minsk gekauft?«
Die Bürger waren verblüfft, da sie ihm gegenüber nie erwähnt hatten, wo sie die Kuh gekauft hatten. »Sie sind wirklich ein weiser Rabbi«, antworteten sie. »Woher wissen Sie, dass wir die Kuh in Minsk gekauft haben?«
Mit trauriger Miene erwiderte der Rabbiner: »Meine Frau kommt aus Minsk.«

Ein Priester und ein Rabbiner sitzen auf einem Langstreckenflug nebeneinander.
Nach einer Stunde, in der sie kein Wort miteinander gesprochen haben, wendet sich der Priester an den Rabbiner und fragt ihn: »Rabbi, dürfte ich Sie etwas fragen?« – »Sicher dürfen Sie«, antwortet der Rabbiner.
»Soviel ich weiß, essen die meisten Juden, insbesondere Rabbiner wie Sie, koscher, und nehmen daher weder Speck noch Schinken zu sich.« Der Rabbiner nickt. »Haben Sie denn noch nie Speck oder Schinken probiert?«
Daraufhin erzählt ihm der Rabbiner: »Vor vielen Jahren habe ich in einer kleinen Stadt, in der ich völlig unbekannt war, gefrühstückt. Da niemand in der Nähe war, bestellte ich Eier mit Speck. Es hat ganz gut geschmeckt. Aber das war das einzige Mal, dass das passiert ist.«
Nach einer Weile wendet sich der Rabbiner an den Priester: »Priester, dürfte ich Sie auch etwas fragen?« – »Natürlich«, erwidert der Priester.
»Ihr Priester lebt ja zölibatär, oder?«, fragt der Rabbiner. »Ja, warum?«, bemerkt der Priester.
»Nun, hatten Sie, seitdem Sie Priester geworden sind, jemals Sex?«, will der Rabbiner wissen. Mit einem etwas nervösen Gesichtsausdruck flüstert ihm der Priester zu: »Vor langer Zeit wurde ich von einer Frau aufgesucht, die Hilfe brauchte. Sie war eine wunderschöne, junge Frau und eines führte zum anderen. Also ja, ich hatte einmal Sex mit einer Frau.«
Nach ein paar Minuten lehnt sich der Rabbiner zum Priester rüber und sagt: »Ist doch viel besser als so ein bisschen Speck, nicht wahr?«

Ein evangelischer Pastor kommt in den Himmel. Gleich am Tor übergibt ihm Petrus einen Volkswagen: »Weil du so brav und treu warst.«
Aber es dauert nicht lange, da begegnet er seinem katholischen Kollegen. Der fährt in einem chromglitzernden Ford! »Warum hat der so einen?«, will der Pfarrer wissen. »Ist der mehr wert als ich?«
»Nun ja, du weißt ja, der Zölibat, die großen Opfer, das muss auch belohnt werden.«
Nach einer halben Stunde trifft er den Rabbiner. In einem Rolls-Royce! »Also der, der hat nicht zölibatär gelebt. Ich hätte jetzt gerne eine Erklärung!«
Petrus legt den Finger an die Lippen: »Pst! Ein Verwandter vom Chef!«

Glossar

Broche oder Berachot sind Segenssprüche, die den Männern der Großen Versammlung zugeschrieben werden.

Chuzpe, Frechheit, Dreistigkeit, Unverschämtheit, ist eine Mischung aus zielgerichteter, intelligenter Unverschämtheit, charmanter Penetranz und unwiderstehlicher Dreistigkeit.

Jeschiwa ist eine Talmudhochschule, an der sich meist männliche Schüler dem Thora-Studium und insbesondere dem Talmud-Studium widmen.

Jom Kippur ist einer der höchsten jüdischen Feiertage, an dem gefastet wird.

Kippa ist eine vornehmlich in Ausübung der Religion gebräuchliche Kopfbedeckung des jüdischen Mannes.

Matzebrot/Matzebällchen, zum Pessachfest dürfen Juden nur ungesäuertes Brot essen – Matzot oder Matzebrot. Eine typische Speise ist geriebenes Matzot, das zu Bällchen geformt wird, die dann als Beilage in die Suppe gegeben werden.

Mesusa bedeutet wörtlich *Türpfosten* und bezeichnet eine Schriftkapsel am Türpfosten. Gläubige Juden küssen die Mesusa beim Betreten eines Raumes, indem sie die Fingerspitzen der rechten Hand an die Mesusa und dann zum Mund führen.

Mitzwa ist ein Gebot im Judentum, welches entweder in der Thora genannt wird oder von den Rabbinern festgelegt wurde.

Mossad ist der Name des israelischen Auslandsgeheimdienstes.

Parve (Jiddisch: *parev* »neutral«) ist ein im Zusammenhang mit der Kaschrut, dem jüdischenSpeisegesetz, verwendeter Begriff. Als *parve* werden Lebensmittel bezeichnet, die weder Fleisch- noch Milchprodukte enthalten.

Pessach hört zu den zentralen Festen des Judentums und erinnert an den Auszug aus Ägypten. Es wird als Familienfest mit verschiedenen Riten gefeiert, darunter dem Seder und dem einwöchigen Verzehr von Matzen. Deshalb heißt es auch »Fest der gesäuerten Brote«.

Shabbat bedeutet wörtlich *Ruhepause* und ist nach dem Schöpfungsbericht der Thora der siebte Wochentag, der von Gott gesegnet und geheiligt ist. Er beginnt am Freitagabend und endet am Samstagmorgen. Der Shabbat ist bei Juden und einigen christlichen Kirchen ein Tag der Ruhe. Laut Talmud soll am Shabbat auf alle Tätigkeiten, die mit der Erwerbsarbeit oder mit dem Geldverdienen zu tun haben, verzichtet werden wie Feuermachen, Schreiben oder Autofahren.

Schlamassel bedeutet wörtlich *Unglück* und ist das Gegenteil von Masel – *Glück*.

Schmock kommt ursprünglich aus dem Jüdischen und bezeichnete im anfänglichen Sinn die abgetrennte Vorhaut des Jungen nach der rituellen Beschneidung. Auch die Übersetzung mit »Penis« ist historisch belegt. Im aktuellen Sprachgebrauch ist »Schmock« eine abwertende Bezeichnung für eine ungeliebte Person und lässt sich mit »Taugenichts« oder »Blender« übersetzen.

Tallit bezeichnet den Gebetsmantel. Ein viereckiges Tuch aus Wolle, Baumwolle oder Seide, ca. 120 x 45 bis 200 x 120 cm groß, weiß oder cremefarben, das an allen vier Ecken Schaufäden hat und von jedem erwachsenen Juden beim täglichen Morgengebet getragen wird.

Über Paul Spiegel

Ich habe Paul Spiegel als einen nachdenklichen, kämpfenden und nimmermüden Mann kennengelernt, für den aber auch Humor ganz wichtig war. Besonders erinnere ich mich an einen seiner Besuche in meiner Sendung anlässlich der Präsentation seines Buches »Was ist koscher?«. In diesem Buch spielt der Humor, der den jüdischen Menschen in seinen schwersten Stunden geholfen hat, eine zentrale Rolle. Paul Spiegel kitzelte einen jüdischen Witz aus mir heraus, konterte aber sofort mit einem noch besseren: »Ein Jude betritt eine Kirche, setzt sich vorne auf eine Bank und betrachtet neugierig den Altar mit dem Kreuz. Nach einer Weile kommt ein Priester auf ihn zu: ›Es tut mir sehr Leid. Wir haben bald Gottesdienst. Juden haben hier keinen Zutritt, würden sie bitte die Kirche verlassen?‹ Der Jude würdigt den Priester keines Blickes, geht vor zum Altar, schaut hoch zum Kreuz und sagt nur: ›Komm, Jeshua, wir müssen gehen.‹« Sein Lachen habe ich noch heute im Ohr ... *Johannes B. Kerner*

Jüdische Witze sind voller Weisheit, Lebensklugheit und menschlicher Wärme und deshalb universell. Immer steht der ganze Mensch mit all seinen Fragen im Mittelpunkt.
Von Paul Spiegel, diesem lebensweisen Menschenfreund erzählt, entfalteten sie dann ihre ganze wundervolle Wirkung auf die Seele des Zuhörers. *Hape Kerkeling*

Seine Mission war sehr ernst, aber im Freundeskreis war er ein Mensch voller Humor. Lachen Sie mit ihm!
Udo Jürgens

Wenn Paul einen Witz erzählte, konnte man den Eindruck gewinnen, das Erzählte sei tatsächlich passiert. Nicht jeder kann auf natürliche Weise Witze wiedergeben, wie er es konnte. Bei Paul habe ich manchmal daher schon gelacht, bevor er den Witz erzählte. *Ralf Möller*

Ja, Paul Spiegel mochte das Leben. Und er hatte Humor. Trotz-und-alledem! Wie viele Male hat er uns und anderen mit seiner ansteckenden, nur ganz selten zu versiegen drohenden Zuversicht aus einer Verlegenheit geholfen? Ihm merkte man an, dass er die Menschen mochte. Und die meisten mochten ihn. Ich gehörte dazu. *Wolfgang Clement*

Paul Spiegel konnte wirklich tolle Witze erzählen, konnte sie auch aus dem Gedächtnis abrufen wie kein anderer. Es musste nur das richtige Stichwort fallen. Und dieser Humor, aber auch die daraus resultierende Nachdenklichkeit wurde mir wieder einmal bewusst, als wir zusammen in seinem Auto im Münsterland unterwegs waren. Paul wollte noch am Grab seiner Eltern, einer stillen abgeschiedenen Grabstelle in Warendorf, vorbeischauen. Der Fahrer hielt ein paar Meter vor dem kleinen jüdischen Friedhof, einer großen Rasenfläche und nur ein paar Gräber. Beim Aussteigen fragte mich Paul: »Kommst Du mit, es wäre schön?« »Natürlich komme ich mit.« »Dann nimm bitte aus der Seitentasche eine Kipa und setze sie auf, bevor wir den Friedhof betreten!« »Passt denn diese Kipa auf meinen Kopf?«, fragte ich. »Eine Kipa passt auf jeden Kopf,« sagte Paul in seiner trocken Art, und ein unmerkliches Lächeln umspielte seine Mundwinkel. Das war der Paul Spiegel, den ich so liebte und schätzte, der mir immer wieder ernstzunehmende Ratschläge gab, wenn auch der Ton mich – trotz aller Ernsthaftigkeit – schmunzeln ließ. *Hans Meiser*

Unser Freund Paul Spiegel hat uns in guten und schlechten Zeiten mit den schönsten und klügsten Witzen zum Lachen gebracht. Aber wir konnten sie nie nacherzählen. Wir haben ein miserables Gedächtnis für Witze, sogar für seine. Deshalb wollen wir sie jetzt in diesem Buch mit Freude nachlesen. Dabei »hören« wir dann noch mal Pauls vertraute Stimme. *Senta Berger und Michael Verhoeven*

Wer die Fernsehsendung »Verstehen Sie Spaß?« moderiert, gilt für alle natürlich als geborener Spaßvogel. In meinen Falle weit gefehlt. Aber ich hatte das große Glück, echten Spaßmachern zu begegnen.
Mein Freund, Paul Spiegel, hatte das Talent, sich mit einem Augenzwinkern auch in schwierigen Situationen zu befreien. Mein Gott, was haben wir zusammen gelacht bei Großveranstaltungen, wenn irgendetwas nicht klappte.
In dem WDR-Film »Fun Maker« spielte ich die Titelrolle, aber den wahren Spaß hat Paul gemacht, damals als quirliger Pressefotograf. Und diese Rolle hat er so gut gespielt, dass wir oft nach Drehschluss nicht wussten, ob er noch weiterspielt.
Ich sage immer, herzlich lachen können nur Menschen mit einem großen Herzen, und das hatte der Paul am rechten Fleck. *Frank Elstner*

Mein Mann und ich waren viele Jahre mit Paul Spiegel freundschaftlich verbunden und er war auch Ehrenmitglied unserer Stiftung »Dialog der Generationen«. Wichtiger aber ist die Erwähnung einer seiner herausragenden Begabungen, selbst bei schwierigen Themen niemals seinen Humor verloren zu haben. Bei unzähligen Begegnungen hat es mit Sicherheit keine gegeben, in der wir nicht gelacht hätten. Sein außergewöhnlicher, gesunder Menschenverstand hat ihn extrem befähigt, Freude, Toleranz und Mitmenschlichkeit zu leben. Er war ein Brückenbauer erster Güte. Sein lächelndes Gesicht wird unsere Gedanken nie verlassen. *Jenny Jürgens*

Ich konnte Paul schon von Weitem ansehen, das ihm der Schalk im Nacken saß. Man konnte in seinem Blick und im Augenwinkel sehen, wenn wieder ein Gag unterwegs war. Er lachte sehr gern. Und ich lachte sehr gern mit ihm. Nur wer diesen Humor hat, wie Paul ihn hatte, kann ein verzeihlicher Mensch sein. Paul war so ein verzeihlicher Mensch. Wären alle Menschen so wie er, so humorvoll, so voller Witz, gäbe es nur Frieden. *Isabel Varell*

Lache, wenn es nicht zum Weinen reicht – Paul Spiegel hat dies oft berücksichtigt und damit einen unnachahmlichen Humor und ein unerschöpfliches Repertoire an geistreichen Witzen gesammelt und gepflegt. *Veronika Ferres*

Biografie

Paul Spiegel wurde 1937 im westfälischen Warendorf geboren. Nach der Reichspogromnacht 1938 emigrierte er mit der Familie nach Brüssel. Sein Vater wurde in Konzentrationslager der Nationalsozialisten gebracht, seine Schwester Rosa wurde verschleppt und mit elf Jahren in Auschwitz ermordet. Paul Spiegel überlebte den Holocaust in Flandern, wo ihn eine Bauernfamilie versteckte. Nach dem Krieg kehrte die Familie als erste jüdische Familie nach Warendorf zurück, wo sein Vater die Synagogengemeinde wiederaufbaute.

Nach der Schulausbildung machte Paul Spiegel ein Volontariat bei der *Allgemeinen Jüdischen Wochenzeitung* und arbeitete anschließend als Redakteur für verschiedene andere Zeitungen. 1964 heiratete er Gisèle Spatz, mit der er zwei Töchter, Dina und Leonie, bekam.

Schon in frühen Jahren engagierte sich Paul Spiegel in der jüdischen Gemeinschaft, wurde 1967 in den jüdischen Gemeinderat in Düsseldorf gewählt. Die Berufung in den Vorsitz folgte 1984. Zwei Jahre später gründete Paul Spiegel eine internationale Künstleragentur, die seinen Namen trug. Er unterstützte darüber hinaus den »Verein gegen Vergessen – für Demokratie«, war Vorsitzender der Stiftung »Bürger für Bürger« und gründete zusammen mit Michel Friedman, Veronica Ferres und anderen die Bürgerinitiative gegen Rechts »Gesicht zeigen«.

Auch auf Bundesebene war er für die jüdische Gemeinde aktiv und wurde 1993 Vizepräsident des Zentralrates. Nach dem Tod von Ignatz Bubis im August 1999 übernahm Paul Spiegel das Amt des Präsidenten des Zentralrats der Juden in Deutschland und wurde damit ihr oberster Repräsentant. Ebenso wie seine Vorgänger mahnte Spiegel vor neuerlichen fremdenfeindlichen und antisemitischen Tendenzen im vereinten Deutschland. Für sein Engagement erhielt er zahlreiche Preise u. a. das Bundesverdienstkreuz 1. Klasse und wurde mit der Ehrendoktorwürde der Universität Düsseldorf ausgezeichnet.

Paul Spiegel starb am 30. April 2006.